CU00405259

BLOOD OF SILENCE
Confinement
Tome 9.5

AMÉLIE C. ASTIER & MARY MATTHEWS

Blood Of Silence

TOME 9.5

CONFINEMENT

NOUVELLE

© 2020 Amélie C. Astier & Mary Matthews
Tous droits réservés, y compris droits de reproduction totale ou partielle,
sous toutes ses formes.

Copyright Couverture : ©Depositphotos.com

BLOOD SILENCE, TOME 9.5 : CONFINEMENT

Copyright : © 2020 - Amélie C. Astier & Mary Matthews
Conception graphique : © Amheliie
Montage Couverture : © La Rose et le Corbeau
Photographie de couverture : Depositphotos.com

Tout droit réservé. Aucune partie de cet ebook ne peut être reproduite ou transférée d'aucune façon que ce soit ni par aucun moyen, électronique ou physique sans la permission écrite de l'éditeur, sauf dans les endroits où la loi le permet. Cela inclut les photocopies, les enregistrements et tout système de stockage et de retrait d'information.

ISBN : 9798654164803 - Independently published
Première édition : Juin 2020

Imprimé par Amazon – KDP

À DÉCOUVRIR

Si vous aimez les romances bikers, vous pouvez lire
<u>gratuitement</u>
SONS OF SILENCE, l'histoire d'Adrian, membre des Sons
Of Silence et personnage secondaire de l'univers BLOOD
OF SILENCE.

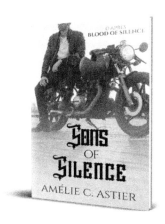

LIEN POUR LIRE LA NOUVELLE :
http://bit.ly/CadeauAmélieCAstier

BLOOD OF

SILENCE

Règles des Blood Of

Silence

1) – L'adhésion est à vie, seules la mort ou l'exclusion peuvent y mettre fin.

2) – Le tatouage des couleurs du club sur une partie du corps est obligatoire.

3) – L'acquisition d'une moto est obligatoire.

4) – Chaque membre a une voix, le groupe décide à la majorité, mais les présidents tranchent en cas d'égalité.

5) – Soyez toujours fidèles et honnêtes avec vos frères.

6) – Ne laissez personne vous manquer de respect.

7) – Soyez calmes, gardez la tête haute et traduisez toujours vos paroles par des actes.

8) – Ne trichez jamais, ne mentez ou ne volez jamais. Ne mouchardez jamais.

9) – Ne geignez jamais. Gardez la tête haute. Vous êtes un biker, pas un moins que rien.

10) – Ne laissez jamais tomber et n'abandonnez jamais. Quelle que soit la difficulté, un biker ne montre jamais la moindre faiblesse, un biker n'abandonne jamais.

11) – Aidez les autres. Les bikers n'abandonnent jamais un frère.

12) – Tenez toujours vos promesses.

13) – Ne faites jamais confiance à personne, si cette dernière n'a pas fait ses preuves.

14) – La loi du « Silence » est une règle d'or chez les Blood Of Silence.

15) – La trahison est passible de la peine de mort.

16) – Ne touchez jamais aux sœurs ni aux filles.

17) L'Homosexualité, la Pédophilie, et la Zoophilie sont des pratiques interdites au sein du club et punissables de mort.

18) On ne culbute pas les policières.

CHAPITRE 1

Creed

Sept jours. Ça ne fait qu'une putain de semaine qu'on est cloîtrés au sein du club-house et j'ai l'impression qu'une éternité s'est écoulée. Un milliard de personnes sur cette Terre pensent sans doute pareil. Par chance, nous, bikers, nous sommes habitués et on sait une chose : on survit sans problème au confinement.

J'ai arrêté d'écouter la télé et la radio, j'ai cru que j'allais boxer mon portable à force d'entendre les pseudo journalistes du dimanche et les intox, dire que ce n'était qu'une grippe. Mon cul, putain. The Walking Dead a certainement débuté ainsi. Des chefs en costard-cravate ont dû pondre des discours tout frais en assurant que la situation était maîtrisée. Neuf saisons plus tard, c'est l'apocalypse zombies et trouver des clopes est devenu aussi compliqué que choper des capotes et des vivres.

La mondialisation, ça craint.

Heureusement, il existe encore des gens efficaces sur cette planète qui pensent plus à l'humain qu'au pognon, sans les soignants et leurs pairs, on serait plus dans la merde.

J'ignore combien de temps ça durera, mais ça pourrait être pire. Nous sommes tous en bonne santé et ensemble, donc le premier qui se plaint sera de corvées de chiottes jusqu'à la fin de la quarantaine. On doit s'estimer heureux d'être en sécurité et à l'abri.

Même si c'est chiant.

Après, si le virus pouvait gentiment nous laisser l'exterminer à coup de médocs, je lui en serais éternellement reconnaissant parce que ce n'est pas simple tous les jours de vivre en communauté. On risque de péter les plombs. Surtout si je manque de cigarettes et ce sera bientôt le cas, puisque personne ne peut sortir. Personne. Et nous y tenons. Aucune exception. Nous avons renforcé les mesures de sécurité au MC depuis l'escapade tragique des filles il y a quelques années. Bienvenue au fort Knox des bikers !

Qu'est-ce que les gens n'ont pas compris ? Certains allaient à la guerre, nous, on nous demande de se faire des marathons Netflix. Ce n'est pas compliqué !

On a été obligés d'extraire Sean de la tour d'observation du club-house parce qu'il s'était mis à faire le guet et à tirer des balles de paintball sur les personnes dérogeant aux règles de confinement. Ce serait sympa d'éviter un séjour en prison pour ça.

Depuis, on essaie de le divertir pour qu'il arrête de jouer au sniper mais il a refusé de participer aux challenges sur les réseaux sociaux. Ils ont créé des hashtags et des défis sur le Net, les gosses n'arrêtent pas de faire des photos et de le mettre sur Facebook ct Instagram pour s'occuper. Ils ouvrent des chaînes YouTube et font des vidéos sur TikTok. Je me sens vieux et dépassé. Mais au moins, ils ne font pas le mur.

Je crois que je suis de mauvaise humeur.

Rectification : je suis de mauvaise humeur. J'ai l'impression d'être un lion qui tourne en rond dans une cage. Comment Sean et Rhymes ont fait lorsqu'ils étaient en taule ? Je n'aurais jamais pu supporter ça. Heureusement que le club-house est sur un terrain assez grand, sinon on aurait déjà dû organiser des combats de boxe pour faire redescendre la tension.

Peut-être qu'on va finir par faire des tournois, parce que nerveusement, ça va être très très compliqué. Pourtant, nous sommes habitués aux confinements, mais pas pour une durée indéterminée qui peut se prolonger… des semaines, voire des mois.

J'en deviendrais croyant, putain.

La musique résonne dans le garage, je me suis isolé pour essayer de faire disparaître la pression autrement qu'en me glissant entre les cuisses de Sasha. Je ne peux pas passer mon temps à baiser, il y a des gosses de partout qui n'arrêtent pas de courir dans les couloirs et de rentrer dans les chambres. Même lorsqu'on les verrouille, les entendre de l'autre côté de la cloison, ça coupe toute envie.

Pourquoi le gouvernement leur a donné leurs diplômes ? Ils auraient dû les forcer à faire des devoirs comme dans d'autres pays, les prospects les surveilleraient histoire de les traumatiser pour obtenir la paix.

Ça pourrait être une idée...

Je ne peux pas non plus picoler H24, sinon Sasha va me tuer. Le temps passerait plus vite en étant bourré, mais quand on est un ancien drogué, on évite de se coller une énième addiction. Je préfère celle qui fait battre mon cœur et me fait bander comme un dingue, c'est moins nocif et en plus, c'est bon pour la santé.

Puisque les choix sont limités pour s'occuper, je me rabats sur les clopes.

Je fume comme un pompier en faisant les révisions de nos motos pour éviter de devenir fou. Je n'aime pas me sentir inutile et dans une telle situation : on l'est. Je crois que ça ne s'est jamais vu sauf au cinéma et généralement, le pire de l'être humain ressort et ça part en couille.

Rectification : c'est parti en couilles d'après les journaux.

En France, les gens ont foncé dans les supermarchés dévaliser les rayons de paquets de pâtes et de PQ. Il faudra m'expliquer l'intérêt du PQ, autant je pourrais comprendre pour les pâtes, mais le papier pour se torcher le cul ? Ce n'est pas vital. Impossible de faire de la bouffe avec ça. Ils sont bizarres, les Français.

Dans un bled en Europe, ils se sont jetés sur les coffee-shop. Certains ont le sens des priorités, et sans doute qu'ils ont raison ? Peut-être que le confinement passe plus vite quand on est défoncé H24 ?

Sasha me tuerait. Avec les nanas, je suis certain qu'elle a traqué les plants de Nir pour les brûler et éviter qu'on se transforme en une communauté de bikers hippies.

Remarquez, aux États-Unis, nous n'avons pas fait mieux, la moitié de la population est allée vider les armureries au cas où cette pandémie nous transforme en zombies. Ils préféreraient crever de faim plutôt que de manquer d'armes. On peut dire que le business a cartonné avant la fermeture totale des commerces. On a vendu l'intégralité de notre stock. Ça nous permettra de tenir pendant plusieurs semaines avec autant de bouches à nourrir. En espérant que d'ici là, personne ne tombe enceinte. J'ai surpris Gina distribuer des paquets de capotes à tous les queutards des Blood de moins de vingt-cinq ans. Je crois qu'elle n'a pas envie de devenir grand-mère et moi non plus. Je me méfie plus des mineurs, ces idiots rebelles seraient capables de faire le mur pour aller baiser et nous ramener le virus.

Je termine de vérifier le joint de culasse en me disant qu'on devrait faire des rotations la nuit, le premier qu'on chope en train de s'échapper, je lui botterai le cul et ce sera un bon moyen de me défouler.

Excellente idée.

Chacun doit être responsable, on doit être solidaires. Ce sera la seule façon pour que notre famille arrive à « survivre » à cette quarantaine dans tous les sens du terme. Hors de question d'agrandir notre abonnement au cimetière.

J'observe le moteur, tout est OK, mes mains tâtent mes poches à la recherche de mon paquet pour me récompenser. Sérieux, mon cerveau tourne à cent milles, j'ai l'impression de devenir dingue.

La musique s'arrête brusquement.

— T'en es à combien de clopes depuis celle qu'on a partagée ce matin ? m'interroge une voix rauque et sexy.

Je me tourne vers ma femme, elle porte son cuir sur les épaules, ses bras sont croisés sur sa poitrine généreuse, son patch de présidente me fait toujours bander comme un fou, mais c'est surtout son regard de braise qui me provoque des frissons.

Je lui adresse un sourire sous-entendu, c'est toujours aussi électrique entre nous, malgré les années, malgré les erreurs et les douleurs. L'amour est toujours passionné et passionnant et même si quelques rides sont venues marquer nos visages, le désir pour l'autre ne s'éteint pas. Pire, il s'enflamme davantage.

Surtout quand elle est en colère après moi.

Sasha montre le paquet que je tiens dans ma main. Elle fronce les sourcils en prenant cet air méchant qui m'excite comme jamais.

Putain de confinement, ce club-house va se transformer en bordel.

— Est-ce que je vais devoir te voler tes cigarettes pour espérer ne pas finir veuve ?

Un rire m'échappe, bon sang, c'est une blague. Ma fille m'a fait la leçon de morale il y a même pas une heure, maintenant, c'est au tour de ma femme.

— Je ne fume pas, je déclare en rangeant mon paquet.

Pas encore. Je reposais mes poumons deux minutes, ensuite je fumerai, parce qu'il n'y a rien d'autre à faire. Sauf si elle se porte volontaire ?

— Pour l'instant Creed Harps, mais je te connais, je connais ce regard, je connais tes pensées et vu le nuage de fumée dans la pièce, je sais ce qui t'obsède.

Elle s'approche de moi dans une démarche nonchalante, ses cheveux sombres tombent en cascade sur ses épaules, mes yeux la détaillent sans aucune gêne. J'apprécie le divertissement. Je vais finir comme Liam et Nir. Et il y a déjà trop de Blood Of Silence sur cette Terre pour venir en rajouter d'autres.

Mais on peut toujours s'entraîner.

— Et si tu profitais de ce confinement obligatoire pour réfléchir aux bonnes résolutions qu'on doit prendre ?

Genre repeindre le garage et vérifier les ampoules de tous les bâtiments ?

Gina a dit la même chose à Liam. Elle a sous-entendu que ce serait chouette de profiter de cet isolement forcé pour remplir les tâches que chaque Blood repousse d'habitude par manque de place dans son planning.

Pas de bol, du temps, ce n'est pas ce qui nous manque contrairement aux soignants qui bossent tous les jours ou aux travailleurs essentiels pour faire tourner le pays.

— On dirait H, je la taquine.

Lui aussi, il chercherait un moyen de me distraire pour éviter que je me flingue les poumons. Il le faisait lorsqu'on se retrouvait en confinement d'ailleurs. Il m'a fait jouer aux pires jeux vidéo, m'a occupé avec des tâches débiles, m'a forcé à faire du sport, et tout un tas de choses pour que j'oublie de m'en griller une. Il était comme ça... il me manque toujours dans ces moments-là, il aurait su tempérer les gens avec plus de facilité qu'en leur jetant un regard noir et froid.

— C'est mon rôle de veiller sur toi, déclare Sasha.

— C'est le mien de veiller sur toi, je rectifie.

Ma régulière lève les yeux au ciel face à cette remarque qu'elle juge grotesque.

— T'as besoin de te défouler pas vrai ?

— J'ai envie de toi.

Ses bras passent autour de mes épaules, elle se presse contre moi, son odeur fleurie vient torturer mes sens et je n'aurais qu'à la soulever sur l'établi, me glisser entre ses cuisses pour oublier que l'heure tourne lentement.

— En psychologie, on dirait que tu cherches à remplacer une addiction par une autre.

— Depuis quand tu me dis non ?

— Depuis qu'on doit gérer une dizaine de mômes à tour de rôle.

Nir et Raccer prêtent main-forte pourtant, ils sont plus diplomates que nous autres. Autant, les grands se gèrent seuls, mais les plus jeunes...

Pourquoi on a envoyé TOUS les prospects veiller sur Ir ? On ne pouvait pas en garder un ou deux ?

— Appelle ton fils si tu as envie de te défouler autrement qu'en baissant ton caleçon, mon chéri.

Elle tapote mon cuir en retenant un rire. Je saisis sa main pour la plaquer contre mon entrejambe et lui proposer une autre alternative. Pas de doute, mon meilleur ami me manque dans ces moments-là, mais Sasha sait les rendre mémorables. C'est toujours comme ça. Dans chaque situation compliquée, on se retrouve pour un tête-à-tête endiablé.

— Dix minutes, je suggère.

Ma régulière retient un sourire.

— Je dois aller nourrir vos progénitures, soupire-t-elle.

Mes mains descendent le long de son dos pour venir palper ses fesses.

— Je vais appeler mon fils après m'être distrait avec ma femme, je chuchote à son oreille.

Sasha frissonne en se dégageant de ma prise.

— Si tu arrêtes de fumer plus d'un paquet par jour, j'instaurerai officiellement une pause sexe.

Parce que celle tard le soir ne compte pas donc ?

— Tu me mets au défi ?

— Tu ne sais pas me dire non, Creed.

Toi non plus.

En ultime provocation, Sasha baisse légèrement son décolleté et me dévoile un putain de bout de dentelle. Vu comme je suis nerveux, ça fonctionne. Parfois le poids des responsabilités, ça pèse.

— Plus de clopes, OK ? insiste-elle.

— Sinon plus de sexe ?

— Exactement.

— H ne m'aurait jamais fait ça.

— Tu ne baisais pas avec H, me taquine-t-elle.

Non, mais il savait faire de ma vie un enfer avec ces maudites cigarettes. Peut-être que ce confinement va enfin me faire tenir ma promesse : arrêter de me flinguer les poumons avec de la merde.

— N'oublie pas que je t'aime !

Moi aussi, même quand elle me torture l'esprit.

Je sors mon paquet de clopes, il a soudainement l'air d'être un ennemi. Ne plus fumer autant, ça ne veut pas dire ne plus fumer du tout pas vrai ?

Putain.

Je le range en jurant, je résiste à la dope depuis des années, je peux tenir le temps d'un confinement pas vrai ? Ne pas céder aux tentations, c'est simple non ?

J'envoie un SMS à mon fils pour lui proposer un petit tour sur le ring du MC. Il va falloir que je me trouve une autre occupation que fumer, réparer et baiser, sinon le confinement sera long.

CHAPITRE 2

Sean

J'en ai marre ! Je viens de me faire tuer pour la 5ème fois sans même avoir pu faire un *kill*. Ce jeu va finir par me rendre dingue. Je pose la manette sur mon bureau et fais tourner ma chaise en regardant le plafond. La peinture craquelle, on pourrait peut-être repeindre la chambre ? Je jette un œil aux murs, il y a encore les dessins de Harley quand elle était enfant. Si j'efface ça au rouleau parce que je m'ennuie, sa mère va me tuer. C'est fou comme elle est sentimentale lorsqu'il s'agit de notre fille. Mais je la comprends, moi aussi en regardant ces œuvres d'art, je me souviens des confinements quand elle avait à peine quelques années. Au moins, j'avais de quoi m'occuper avec Harley, maintenant, elle s'occupe seule ou avec son foutu irlandais.

Je secoue la tête et me lève pour sortir de la chambre afin de prendre l'air.

Je tourne en rond ici, comme tout le monde, mais on arrive à se supporter pour le moment. Dans quelque temps, je m'attends à devoir séparer Klax et Savage et j'ai hâte.

En attendant, le MC est bondé de gamins qui courent dans tous les sens et d'adultes qui cherchent à faire quelque chose pour ne pas penser à ce qui nous arrive.

J'y pense constamment. Je ne suis pas le mec le plus serein en temps normal, mais depuis ce putain de virus, je flippe encore plus. Pour Harley, pour Lemon et pour mes frères aussi. Si quelqu'un doit sortir, il sait qu'il devra passer par moi avant de mettre le nez dehors. Je suis intransigeant, aucune sortie inutile. Et si j'en vois un dans la rue, je le plombe. Comme tous ces crétins qui ne comprennent rien au but de ce confinement.

J'arrive au bar du club, ma femme est là avec sa présidente, elles sont en train de se faire une dégustation de limonade avec les différents goûts qu'on a encore en stock. Il ne reste plus grand-chose et bientôt tout le monde sera à l'eau. J'en connais qui vont pleurer quand ça arrivera. Je me place derrière Lemon et mon menton s'appuie sur le sommet de son crâne. Ça ne l'arrête pas dans ce qu'elle fait, ni Sasha d'ailleurs. Je sens juste la main de ma régulière se poser sur ma hanche pour me signifier qu'elle est consciente de ma présence. Je souffle sur sa tête et fais voler ses cheveux blonds. Lemon soupire et met fin à son débat surréaliste sur le goût de la limonade au raisin et celle à la fraise.

— Sean…

— Quoi ?

— Tu t'ennuies ?

— Pas du tout.

Mais je ne serais pas contre une occupation avec elle. Dans notre lit de préférence, et peut-être que je pourrais lui faire accepter de repcindre les murs de la chambre.

— *Fortnite* est en rade ?

— Non, j'en ai marre de jouer.

— De perdre surtout, rajoute Sasha.

— Il est où ton mec ?

— Aux dernières nouvelles, au garage.

J'ai déjà changé tout ce qu'il fallait sur ma moto, je l'ai nettoyée et même polie. Elle n'a jamais été aussi belle, et tout ça pour rester au garage.

— Je vous laisse, annonce Sasha.

Personne ne la retient et je prends sa place sur le tabouret. J'observe la VP des chattes qui songe à je ne sais quoi en fixant sa limonade. Je me rends compte que, sans que ce soit volontaire, ça fait longtemps que je ne l'ai pas regardée de cette façon. Avec précision. On vit ensemble, mais on ne prend plus le temps de faire certaines choses.

— Qu'est-ce qu'il y a ? elle demande.

— Rien. Je me disais que t'es toujours aussi bandante.

Lemon rit et son corps se tourne dans ma direction. Elle porte toujours des shorts déchirés, ses jambes aussi longues que mes bras sont recouvertes de tatouages et j'adore ça.

— Toi aussi, t'es pas mal, presque papi.

— Arrête de dire ça. On n'y est pas encore.

— Ça va venir. Notre fille a grandi en enfant unique et la voilà mariée à un italo/irlandais, que crois-tu qu'ils vont faire ? Des gamins, tous les ans.

— Non, elle est trop comme toi pour ça.

— Qui te dit que je n'en aurais pas voulu plus ?

— Moi.

Lemon se lève en riant, elle grimpe sur moi et je l'aide à s'installer en posant mes mains sur son cul.

— En fait, à force de voir tous nos frères et sœurs repeupler la terre, il y a des fois où, moi aussi, j'aurais aimé en avoir d'autres.

— Ne dis pas de conneries.

— Sean. Je suis sérieuse.

Je plonge dans son regard vert pour m'en assurer.

— Pourquoi tu ne me l'as jamais dit ?

— Parce que la naissance de Harley t'a traumatisé.

C'est certain et jamais je n'aurais renouvelé l'expérience.

— Et puis ce sont des envies qui vont et viennent et finalement je suis heureuse de la famille qu'on a eue.

— T'es sûre ?

— Oui, surtout en ce moment.

Je l'observe plus précisément, elle me sourit comme pour me rassurer et je décide de la croire. J'ai assez confiance en elle pour savoir qu'elle aurait tout fait pour que je cède si jamais elle avait voulu un autre enfant.

— Est-ce qu'on peut repeindre la chambre ?

— Hein ?

— Notre chambre, je voudrais la repeindre et c'est l'occasion, il y a de la peinture au garage.

— Non ! Il y a les dessins de Harley sur les murs !

Je saisis son visage à une main et colle ma bouche contre la sienne. C'est plus fort que moi, quand elle joue à la maman poule, elle me donne envie de la baiser. Peut-être cet instinct reproducteur qu'on n'a pas assez exploité en n'ayant qu'une fille alors que, pourtant, on s'exerce continuellement, mais ça me fait toujours cet effet.

Sa langue s'immisce dans ma bouche, je la soulève pour qu'elle s'installe à califourchon sur moi. Lemon vient presser son corps trop excitant contre moi sans jamais lâcher ma bouche. Je me lève pour nous emmener ailleurs où on sera seuls pour finir ça.

— Sean, dit-elle à bout de souffle, je dois superviser le dîner avec les enfants.

Je n'en ai rien à foutre.

— On te remplacera.

J'appuie son entrejambe contre ma queue pour lui faire comprendre l'urgence de la situation.

— Sean…

— J'ai pas le droit de dézinguer les passants au paintball, j'en ai marre de me faire tuer par des gamins à *Fortnite* et tu ne veux pas que je repeigne la chambre, alors on baise, petit citron.

Lemon cède lorsqu'on arrive dans le couloir. Je m'arrête un instant en la plaquant contre le mur. Je la prendrais bien ici, comme avant, quand ce MC ne comptait qu'une gamine, la nôtre.

Mais on ne peut plus avec toutes les allées et venues. J'embrasse son cou et enflamme son corps en goûtant sa peau. La chatte se tortille d'envie contre moi.

— Pas longtemps alors, elle murmure.

J'aime quand elle est vaincue par son envie de moi, c'est quelque chose qui me rend fou de désir.

J'acquiesce tout en sachant qu'elle ne sortira pas de la chambre avant demain.

***

Le lendemain

Rhymes me rejoint après avoir terminé d'installer la bâche sur le sol et les meubles. Je lui tends un rouleau.

— Comment t'as réussi à convaincre Lemon de te laisser faire ça ?

Je fais un clin d'œil à mon jumeau qui comprend mon insinuation. Ça fait des années maintenant que j'obtiens ce que je veux avec le sexe, la peinture n'y a pas échappé. Quand on aura fini, je la lécherai jusqu'à ce qu'elle me dise où elle a caché mon fusil de paintball.

En attendant, ça devrait nous occuper deux jours.

— J'ai scotché les dessins de Harley, essaye de ne pas mettre de peinture dessus. Dans tous les cas, mon frère, s'il y en a, ce sera ta faute. Je tiens à mes couilles.

Lemon ne le sait pas, elle pense que je vais effacer les souvenirs de notre fille, mais j'ai fabriqué différents pochoirs pour les encadrer comme de vrais tableaux avec une bombe. Elle va apprécier.

— Je tiens aux miennes aussi.

Rhymes ne va pas bien. Robyn ne rentre pas souvent, son boulot l'occupe bien en ce moment. Mon jumeau se retrouve seul avec ses enfants et cette peinture lui fera du bien.

— T'en as pas besoin en ce moment, je lance.

— Tu crois qu'on fait quoi quand elle rentre ?

— Dormir ?

— Pas vraiment.

Rhymes soupire, il s'accroupit pour tremper son rouleau dans le bac de peinture et commencer notre tâche. Je l'imite. Ce n'est pas notre premier chantier de ce genre ensemble, et comme pour tout ce qu'on fait à deux, on est synchronisés.

— Elle te manque ? je poursuis.

— Ouais, mais je m'inquiète surtout. Les flics ne sont pas équipés comme à l'hôpital et avec tous ces crétins qui sortent, elle risque de l'attraper. Elle voulait dormir à la maison hier.

— Pourquoi ?

— Pour ne pas prendre de risques.

Merde. On a deux femmes en première ligne, Robyn et Ireland. Je suis bien content que ma gamine soit une biker et pas une infirmière. Je l'aurais enfermée dans sa chambre sinon. Hors de question qu'elle se heurte de près à cette crise sanitaire.

— Rhymes, ça va aller. Elle est prudente et consciencieuse, jamais elle ne prendra de risques démesurés.

Mon jumeau arrête sa peinture pour me faire face et je remarque qu'il a de beaux cernes et un air las qui ne lui vont pas. Mon cœur se brise devant sa fatigue apparente et sûrement sa peur. Il a toujours été le plus fort de nous deux et surtout le plus censé.

— Putain, c'est vraiment la fin du monde ! il lâche avec humour.

— J'aime pas quand t'es inquiet.

— Parce que tu l'es aussi ?

— Ouais, mais pas seulement.

— Quoi alors ?

— J'ai pas ta force, mon frère, ne tombe pas.

Rhymes m'observe avec sérieux durant plusieurs secondes. Ce n'est pas dérangeant quand c'est lui, c'est mon reflet qui me fait face et qui entre dans ma tête. Puis il lâche son pinceau et je me retrouve dans ses bras.

— Je ne vais pas tomber si t'es avec moi.

Je frappe son dos pour lui dire que ce sera le cas. Jamais je ne le lâcherai, quoi qu'il arrive.

Il s'écarte et j'attire sa nuque pour que nos fronts se rencontrent. J'aime cette connexion entre nous, elle est rassurante, même quand tout s'écroule, on sait qu'on sera toujours là l'un pour l'autre.

— Je peux compter sur toi pour gérer la rage de ma chatte si on déborde ?

Mon jumeau se met à rire et j'aime autant qu'il profite de ces jours de peinture pour décompresser.

— Ouais, je sacrifierais mes couilles pour toi.

— Merci, mon frère.

— Mais tu m'en devras une.

— Ça me va.

On reprend notre tâche chacun d'un côté jusqu'à se rejoindre au milieu du mur. Il n'y a pas de différence entre ses coups de pinceau et les miens. On se recule de quelques pas pour voir l'ensemble.

— On va trop vite, dis-je en constatant qu'on aura terminé ce soir, à ce rythme.

— Ouais. Mais je viens d'avoir une idée. Il nous reste pas mal de peinture rose des chambres des filles. Je crois que Savage envisage lui aussi de faire quelques travaux.

Je me tourne vers Rhymes en souriant, l'ennui, c'est terrible, surtout pour nos frères.

CHAPITRE 3

𝕷𝖎𝖆𝖒

Tu sais ce que j'aurais dû faire quand tu m'as réveillé après notre nuit à user les draps ? J'aurais dû t'embrasser encore, et même plusieurs fois. J'aurais dû prendre le temps de mémoriser l'odeur de ta peau, les traits de ton visage quand tu jouis, et ton rire quand je raconte une connerie. J'aurais dû faire glisser ma langue le long de ton ventre jusqu'à tes seins que j'aurais mordillés jusqu'à t'entendre gémir. J'aurais senti tes doigts tirer mes cheveux pour me guider entre tes cuisses. Tu m'aurais supplié de te toucher, et j'aurais pris le temps de t'affoler. Avec mes lèvres, avec ma langue, avec mes doigts, sur toi, en toi et...

— Papa !

Je jure en fermant le fichier. On ne peut même pas être tranquille deux minutes dans sa propre piaule. Je viens quand même de me taper le marathon *Riverdale* avec les ados, j'ai besoin de cinq minutes de calme.

Pas quand on a eu cinq enfants, mon vieux.

La porte s'ouvre sur une tornade blonde de 13 ans. Je me tourne pour voir la cavalerie débarquer. As est sur les pas de sa sœur, suivi de H et Savage. Gabriella a un saladier rempli de pop-corn qu'elle renverse à moitié sur la moquette de notre chambre à Gina et moi. Ça fait quinze jours qu'on est confinés maintenant, autant dire qu'on a assoupli quelques règles. Je passerai le balai quand ma femme aura le dos tourné. Il faut que je la préserve, sinon on va avoir droit à un remake de *Shining*.

— C'est l'heure de l'apéro-visio avec Ir ! déclare Gaby, surexcitée.

J'avais oublié les effets néfastes du chocolat sur des gosses. J'avais zappé notre rendez-vous également.

Les mecs entrent avec des chaises pliantes.

— Avoue, Pa', t'es en train de regretter la dose de sucre de 16 h ? me vanne As en montrant sa sœur d'un coup de tête.

Gaby danse avec son bol qu'elle continue de renverser. Pourtant, il m'avait prévenu. Mes après-midi « baby-sitting » commencent à dater, et j'avoue que j'avais pris la mauvaise habitude de toujours dire oui à mes gamins. Surtout en ce qui concerne Gaby. Je bouffe dans la main de ma petite dernière, elle a un regard adorable.

Selon le planning établi par les régulières, tout le monde doit se coltiner les tâches quotidiennes. Nous ne sommes pas vraiment habitués à ça. Mais puisqu'il y a eu la menace de la grève du sexe, autant dire qu'on met tous la main à la pâte. Hors de question que ma queue reste dans mon boxer pendant des semaines.

Ainsi, Gina et Sky ont instauré des rotations. Un jour sur deux, ce sont les Blood qui s'occupent des enfants et du reste. Par chance que Rhymes et Klax savent « cuisiner », sinon on boufferait de la merde les jours impairs.

— On t'a interrompu en pleine branlette, mec ? se moque Sav.

H et As se marrent en dépliant les chaises autour du bureau. Les petits cons, ils se foutent de la gueule de leur vieux !

— Je suis marié.

— Justement.

Enfoiré d'irlandais. Lui, il n'a pas l'air frustré en tout cas !

Gaby se bouche les oreilles en hurlant que c'est dégueulasse, H la taquine en lui disant que bientôt, elle trouvera ça intéressant et As lui shoote l'épaule. En bon grand frère, il protège ses sœurs de tout ce qui pourrait nuire à leurs oreilles.

— C'est bon ! râle H en réajustant ses lunettes.

Il ne plaisante pas. Ça fait un moment que H ne rit plus.

J'observe mon dernier fils, il ressemble tellement à son oncle, surtout au niveau de son caractère, c'est presque déstabilisant parfois. Hurricane est en pleine crise d'ado et avec le confinement, son humeur est pire que d'ordinaire. C'était déjà compliqué avant, mais à tout juste 17 ans, il nous mène la vie dure.

Pourquoi je n'arrive pas à comprendre ce gosse ? C'est le seul qui me semble inaccessible. Je culpabilise de ne pas réussir à apaiser sa colère. Il est si nerveux depuis le décès de sa sœur. Il a cette rage en lui qui peine à sortir. Je me pensais proche de chacun de mes enfants, mais j'ai raté le coche avec H. Je galère à le ramener vers nous pour restaurer le dialogue. Cette situation fait souffrir sa mère et moi avec.

J'aime que notre famille soit unie et ça me dérange que mon fils soit préoccupé. J'ai essayé d'en parler avec lui, on s'est pris le chou, il s'est battu avec son frère et a envoyé chier son cousin. Je vais finir par demander à Savage de s'en charger, même si, à mes yeux, ça me déçoit de ne pas réussir à gérer mon propre fils sans quémander de l'aide à mon meilleur ami.

Je chasse cette idée, je ne suis pas du genre à broyer du noir, mais quand ça concerne mes gosses, ça me touche.

— C'est gentil de t'inquiéter pour lui, Sav, mais ne t'en fais pas pour ça, déclare Gina en arrivant à son tour, Liam n'a pas besoin d'entraînement en solitaire.

Exactement. Parce que j'ai la femme la plus sexy et intrépide de ce putain de MC. Sinon, on n'aurait pas cinq gosses. Son arrivée réchauffe mon cœur et, putain, si nous étions seuls, j'aurais déjà une érection prête à l'action.

Savage lance un clin d'œil à la belle Italienne qui lui file une petite tape sur la tête, amusée. Ma femme s'approche de moi, un pack de bières fraîches en main qu'elle pose sur le bureau.

— Je t'ai manqué ? je demande.

— Toujours.

Gina m'embrasse sous les commentaires dégoûtés de Gaby. Ses baisers sont toujours aussi plaisants. Je ne me lasse pas du contact de ses lèvres. Parfois, j'aime prendre le temps

31

de simplement l'embrasser jusqu'à la faire gémir et l'entendre me supplier de m'enfouir en elle pour apaiser ce feu dans son ventre.

Quand elle réagit ainsi à mes avances, j'ai envie de brandir un trophée en disant que vingt ans d'amour, ça s'entretient grâce à du sexe intense et de l'humour foireux. C'est ça la recette du bonheur.

Ma main glisse le long de sa taille, le confinement, ça me rend dingue. On amasse une énergie impossible à dépenser sauf dans les étreintes. Le club-house est devenu un baisodrome à partir de 22 h. Heureusement qu'il existe la double insonorisation, parce que mis à part les soirées picoles, les marathons Netflix, les après-midi jeux de société et les repas de famille, le cul reste une des rares distractions. Surtout qu'on est censés se tenir à distance des uns et des autres. Par chance, on a voté le confinement total au MC et personne n'est en contact avec l'extérieur.

On s'installe, Gaby termine sur mes genoux, H se charge des commandes. On distribue bières et boissons. Gina s'occupe de prévenir notre fille par SMS, normalement, Ir était de garde cette nuit, elle devrait être réveillée depuis quelques heures. Elle ne reprendra que demain matin.

— Lochan ne vient pas ? demande Gina.

— Lochan préfère son petit tête-à-tête, explique As, croyez-moi, vous ne voulez pas savoir pourquoi.

Effectivement. C'est con, mais parler de cul avec mes garçons, ça ne me pose pas de problèmes, mais avec mes filles… ce sont mes gamines. C'est dur pour moi d'admettre que mon aînée n'est plus « ma petite fille innocente » et qu'elle est avec un Blood… encore plus en connaissant le Blood en question.

Mais tant qu'elle est heureuse, c'est le principal. La vie est trop courte pour se priver d'amour. C'est dans ces circonstances qu'on s'en rend compte.

Vieillir, ça craint.

Elle reste mon bébé qui veut devenir médecin et qui est confinée à l'extérieur, dans l'appart qu'elle partage avec Lochan habituellement, parce qu'elle est en première ligne.

Pourquoi je lui paie des études de médecine sérieusement ?
Parce qu'elle est brillante et très intelligente.

Je me suis pris un coup de vieux quand les jumeaux ont fêté leurs 21 ans, il y a quelques mois. Ils sont en âge de boire légalement de l'alcool maintenant. Je me souviens encore de leur arrivée. Deux bébés en même temps, c'était intense, mais c'était génial. Je ne regrette pas une seule seconde notre famille. Ce mix étrange entre l'Irlande et l'Italie. Il n'y a rien de plus beau que de faire des enfants avec la femme dont on est amoureux. La plus belle preuve d'amour, c'est le mélange de nous deux. Vingt ans après, j'aime toujours autant essayer de repeupler la terre de mini McGuinness.

H lance l'application en ligne pour l'appel en webcam. Quelques instants plus tard, le visage fatigué d'Ir apparaît à l'écran.

— Coucou, la compagnie !

— Bonjour, ma chérie ! rétorque Gina, émue.

On la salue tour à tour, très vite, c'est le bordel, tout le monde veut parler, on pose des questions en même temps. Ir s'en amuse et Gaby, en bon petit dictateur impose des règles où chacun doit lever le doigt pour parler.

Heureusement qu'on ne doit pas leur faire l'école.

J'observe ma fille, même à travers une caméra, on peut voir son état de fatigue. Elle n'ose pas réellement nous décrire la situation à l'extérieur, mais les prospects nous donnent des nouvelles et elle ne ment pas à Lochan. Par chance, le futur prez des Blood nous informe des dernières actualités en ville et dans le comté. C'est vraiment le bazar ce virus, et sans surprise : les gens n'écoutent rien. À l'hosto, ils manquent de matériel pour se protéger, mais ils font au mieux.

C'est difficile de se sentir si impuissant. Je suis fier d'elle, fier de son courage. J'espère qu'elle ne chopera rien, et si elle attrape cette merde, c'est une McGuinness, on est increvables.

— Quoi de neuf depuis trois jours ? demande Ir, tu avances sur ton projet, Pa' ?

Elle ne nous laisse pas le temps de l'interroger sur son planning. Je sais qu'elle en parle avec As et Lochan et lorsque nous nous retrouvons en tête-à-tête. Au moins, elle ne garde pas tout ça pour elle.

— Oh oui, il avance, confirme Gina.

— C'est trop marrant ! intervient Gaby.

— Le futur best-seller de l'année, se moque Savage, les éditeurs vont adorer l'autobiographie du tableau de chasse de ton père.

Je lève mon majeur dans sa direction. Ils n'ont rien compris. Pourtant, ça fait plus de dix jours qu'on en parle.

— J'aurais de quoi tenir plusieurs tomes. Mais non, c'est le recueil.

Même si je ne bosse pas uniquement sur ça.

— Papa écrit un livre qui rassemble toutes nos blagues pourries, soupire Gabriella. Héritage familial.

— Attend, c'est génial, proteste As.

Il sort un bloc de post-its de son cuir et le montre à la caméra. Il a noté toutes les blagues qu'il a en tête, Savage fait pareil, et chaque soir, ils me donnent leurs notes que j'assemble dans un fichier. On va devenir les rois de la vanne.

— Pour une fois qu'on fait enfin un truc en famille ! renchérit Andreas.

— Merci, mon fils.

— Et qu'est-ce que ça donne ? insiste Ir.

En bon McGuinness, on se met à raconter nos blagues sous les regards amusés et dépités de Gina, Gaby et H. Ir rit et on lui propose d'être le cobaye de nos dernières trouvailles.

— Que dit Frodon devant sa maison ? l'interroge As.

Ma fille, elle aussi experte, en connaît un panel. Quand on grandit chez nous, plus aucune blague ne nous résiste.

— C'est là que j'hobbit... ? propose-t-elle.

— Bingo !

Il se lève de sa chaise en faisant un high-five. Je crois que lui aussi le sucre, ça l'excite autant que Gaby. On dirait une pile électrique.

— Depuis quand t'as pas consommé ? le taquine Ir.

Son frère soupire en lui jetant un regard désespéré.

— Trop longtemps.

— Ta gueule, As, toi, tu peux, râle Hurricane.

— Pauvre petit H, se moque Andreas, mais c'est bien, tu te muscles les bras pour ta future carrière de prospect.

Les deux frangins commencent à se vanner, mais très vite, on intervient, parce qu'ils dérapent assez facilement. Putain de combats de coqs.

— N'oubliez pas de rajouter celle sur l'homme invisible, nous suggère Ir.

— Merci pour la suggestion.

Savage attrape le bloc à post-its et note la vanne : « Comment appelle-t-on les parents de l'homme invisible ? Les transparents ! ».

— Je suis particulièrement fan de ma dernière trouvaille, je conclus.

— Laquelle ?

Gina lève les yeux au ciel, faussement choquée.

— Prépare-toi, c'est du lourd.

Elle bouche les oreilles de Gaby, je me frotte les mains en prenant un air sérieux.

— Le viagra, c'est comme l'enfer, Satan l'habite.

As, Sav et H éclatent de rire. Ireland aussi et j'aime entendre ce son.

— Seigneur, vous me manquez. Vous êtes si drôles.

— Non, mais ce n'est pas drôle, je ne peux pas participer moi ! peste notre petite dernière.

— Un jour, Gab, tu comprendras, renchérit H.

— Vous ne vous ennuyez pas trop, constate Ireland.

Un peu quand même, mais nous n'oserons pas lui dire. Elle se tape des gardes de 14 h en tant qu'interne en médecine. Nous n'allons pas nous plaindre.

On termine notre apéro par un tour des nouvelles concernant le MC, Ir nous raconte deux-trois anecdotes amusantes, je sens Gina stressée, mais elle se montre forte et courageuse. C'est une wonder woman, ma *Mio Bella*. Et je l'aime pour ça. Elle maintient notre famille à flot, qu'importent les épreuves.

— Et toi, H, quoi de neuf, frangin ?

H se raidit en devenant le centre de l'attention. Tous les regards se portent vers lui, nous sommes tous dans l'attente d'une réponse qui nous indiquerait pourquoi notre fils est différent depuis quelques mois.

Il passe une main dans ses cheveux sombres en haussant les sourcils, blasé.

— La routine, branlettes, jeux, et ennuis.

— On accepte les bénévoles, le taquine Ir.

— Un gamin en danger suffit pour les parents.

Sur ces mots, il se lève, et fait un signe à l'écran pour saluer sa frangine.

— Pornhub gratuit m'attend, bisous, Ir, ne te transforme pas en zombie.

Ma fille rit, Gaby lui dit qu'il est méchant de nous faire peur comme ça. H s'en va, suivi de Savage et As. Ils se programment un appel plus tard, sans doute pour parler de trucs de jumeaux que seuls eux peuvent comprendre.

Quelques minutes plus tard, Gina est appelée à la rescousse et Gaby la suit en emportant le bol de pop-corn qu'elle a fini toute seule.

— Maintenant qu'on se retrouve en tête-à-tête, toi et moi… je commence.

Ir perd son sourire.

— C'est difficile, papa, me confie-t-elle, il y a beaucoup de patients, beaucoup de jeunes personnes. Soyez prudents, vraiment, ne sortez pas.

— Promis.

J'aimerais trouver les mots pour la réconforter et lui dire que tout ira bien, mais dans cette situation, je me sens terriblement impuissant. Je ne peux pas tuer son ennemi ; c'est un virus, il est invisible, mais en tant que père, j'aimerais trouver une solution pour l'aider. Alors, à défaut de sortir les armes, je lui offre mon soutien et une oreille attentive.

— Que dit une fesse droite à une fesse gauche ? je lâche en guise de réponse.

Ir sourit en répondant :

— Ça va chier entre nous !

La digne fille de son père.

— Et sinon, papa, comment avance ton… autre projet ?

Je me demandais quand elle me vannerait à ce sujet. Ireland hausse un sourcil en se moquant gentiment. Elle sait que je ne travaille pas que sur ce recueil. Rassembler nos blagues histoire de tuer le temps m'a fait découvrir une autre passion et franchement, c'est uniquement parce qu'Ir m'a grillé en se connectant au Drive Google familial qu'elle est au courant. Même Gina ne sait rien.

Je comptais lui faire la surprise pour notre anniversaire de mariage prévu dans quelques semaines. Si je suis un dieu au pieu, j'espère que toute ma frustration et mon imagination arriveront à rivaliser avec les trucs à l'eau de rose qui traînent dans nos bibliothèques.

Car… j'écris un roman érotique.

Et putain, c'est aussi excitant que de mater un porno. Sauf quand ma fille aînée me dit qu'elle a trouvé dans nos dossiers un truc bizarre appelé « roman excitant *Mio Bella* ».

Ma tête devait être aussi choquée que lorsque Gina m'a dit qu'elle était enceinte.

— Tu as choisi un titre ? m'interroge-t-elle.

— Je n'en discuterais pas avec toi.

Je joue le jeu en prenant cet air faussement gêné parce que ça amuse ma fille et que cette histoire la distrait. Elle peut se foutre de ma gueule autant qu'elle veut, si ça lui permet d'oublier ce qu'elle voit à l'hôpital.

— Oh allez, papa, je trouve ça génial qu'après vingt ans de mariage et cinq enfants, tu arrives encore à trouver des idées pour la surprendre.

J'espère qu'elle le sera. Réaliser scène après scène me fout une putain d'érection. Pourquoi je n'ai pas eu cette idée avant ? Écrire un roman érotique quand on aime autant le sexe, c'est logique.

Est-ce que le confinement va me faire découvrir une nouvelle passion ?

— Alors ?

— 45 jours avec toi, je murmure.

Ma fille sourit, elle retient un rire, je le vois. OK, ce titre est à chier, mais je me suis inspiré de ceux dans la bibliothèque et dans la liseuse de sa mère. Je ne suis pas un pro. Je tente de la… qu'est-ce qu'elle disait déjà ? De la fanfiction ? Ouais, c'est une fanfiction de mes pensées et de mes fantasmes. Je m'amuse, ça m'occupe, je me trouve inventif depuis le début du confinement en plus et Gina ne semble pas s'en plaindre.

Hors de question que je mentionne ce détail à notre fille cependant.

— Je vois bien que tu meurs d'envie de te moquer de ton vieux père ! je constate.

— Disons que c'est incroyablement romantique et que ça ne va pas du tout avec le contenu, s'amuse-t-elle.

— Seigneur, je vais supprimer ce document, je ris.

— J'ai fait une copie ce matin. Je savais que mon père était un grand romantique dans l'âme, me taquine-t-elle.

— Si tu le dis aux autres, je te déshérite, je plaisante.

— Promis, ton secret est bien gardé.

Ir m'informe qu'elle fait corriger le document à une de ses amies, le « peu » qu'elle a lu par mégarde lui a suffi. Je remercierais sa collègue à la fin du confinement. Bouffe, bière, réparation gratuite de voitures à vie, je trouverai bien une idée. J'en trouve des tas depuis dix jours pour revisiter le Kâmasûtra.

Je termine l'appel à contrecœur, Ir me promet d'être prudente.

Je me retrouve seul devant l'ordinateur, ce n'est pas encore l'heure du repas, je profite de ces quelques instants de calme pour terminer un autre passage sur mon document Word.

« J'ai fait une liste de tout ce que j'aurais aimé faire avec toi. Et crois-moi, je pense que tu aimerais savoir quoi. Il y a des idées romantiques, d'autres plus sensuelles, certaines sont carrément interdites dans certains pays, d'autres plus… révolutionnaires ? Tant que ma bouche termine sur la tienne et mes doigts se glissent entre tes cuisses, je suis prêt à tout tester si c'est pour t'entendre gémir mon prénom à chaque fois que je me perds en toi. »

J'enregistre le paragraphe en me demandant ce que j'inclurai dans le prochain texte. Ma fille a raison. Je suis romantique et à la fois… presque salace de décrire toutes les envies qui me passent par la tête. Mais ça me prouve que notre flamme avec Gina est toujours là. Elle brûle si fort qu'il m'est impossible de ne pas la désirer de mille façons.

Mon cerveau inspiré a l'idée de décrire une scène de sexe sur une bécane, et même si c'est mauvais, tant pis, j'espère que le sens sera suffisamment bon pour lui faire comprendre qu'elle est la reine de mes pensées.

Sans doute, ce roman n'a ni queue ni tête, mais bon, si ça nous permet de pimenter nos vingt-deux ans de mariage, je dis oui une nouvelle fois.

Qui sait, peut-être que j'aurai autant de succès que Monsieur Grey si je rajoute des menottes.

CHAPITRE 4

𝔎𝔩𝔞𝔵𝔬𝔫

Je m'écroule sur mon lit en soufflant. J'adore les enfants de Nir, mais ils ont trop d'énergie pour moi aujourd'hui. Je viens de passer deux heures à reproduire la bataille de Gettysburg avec eux. Sky veut les occuper utilement et quoi de mieux que de revivre l'histoire pour la comprendre ? Je dégage le pistolet à fléchettes de la poche arrière de mon jean en riant. C'était marrant de viser la tête de Grim, le petit dernier de la fratrie.

J'adore ces gosses, parce qu'ils sont toujours enthousiastes, même les ados, une fois les grognements d'usage passé.

Je vais devoir réfléchir à un autre fait historique pour demain, probablement Fort Alamo, ça les divertira un moment de construire des fortifications.

En attendant, je prends quelques minutes seul dans ma chambre. Dans le couloir, il y a du bruit, des cris et des rires.

Je repense à notre premier confinement, H était vivant, Gina était la seule régulière et les jumeaux étaient en taule. C'était le bon temps, celui où nos estomacs passaient avant ceux des enfants qui n'existaient pas encore. C'était aussi celui où Savage et moi nous nous détestions cordialement.

Ouais, ça a même fini en bagarre sur le billard. À cette époque, c'était le gros bordel dans ma tête, parce que j'étais attiré par lui sans pouvoir me l'expliquer. Et l'irlandais, fidèle à lui-même, faisait tout pour me provoquer. Les temps n'ont pas tellement changé, il aime me chercher, mais ce ne sont plus des coups qu'il trouve.

Je me redresse avec l'envie de le voir. Ce matin, il s'est barré de ma chambre trop tôt pour que je m'en rende compte et ensuite, avec l'invasion de la portée Baker, je n'ai pas eu deux minutes de répit.

Je quitte ma chambre, je croise les jumeaux avec des pots de peinture et des rouleaux sous le bras.

— Vous faites quoi ?

— De la pâtisserie, à ton avis ?

— Ouais, des cupcakes roses. Vous repeignez quoi ?

Les deux se jettent un coup d'œil avant de me répondre différemment, ce qui me fait rire.

— C'est vraiment la fin du monde, si vous n'arrivez même plus à être synchro.

— On va peindre, t'as pas besoin d'en savoir plus.

— OK, les grognons, je rétorque en levant les mains, peignez !

Je les contourne et sors du couloir, Sean est intenable à cause de l'inactivité et habituellement Rhymes le canalise, mais lui aussi est nerveux pour sa femme.

Je plains le pauvre mur qui va recevoir leur frustration.

Je sors dans le jardin du MC, là où je suis sûr de trouver l'irlandais occupé à se prélasser au soleil, tout habillé. Il est bien là, allongé sur un transat avec son cuir et ses lunettes de soleil.

Malgré les années, il n'y a pas une seule fois où j'ai regardé Savage sans éprouver un frisson particulier. Un truc à lui, qu'il est le seul à déclencher, du désir et un putain d'amour trop fort.

J'avance dans l'herbe, je passe à côté de la pataugeoire remplie de jouets qui flottent. J'attrape un fusil à eau et, furtivement, je rejoins Savage. J'arme l'engin jaune fluo au-dessus de sa tête, bien décidé à le réveiller par de la pluie glaciale.

— Si tu fais ça, il me surprend, je balance à Sky que la dizaine de paquets de bonbons sous les lits de ses mioches viennent de toi.

Je garde le fusil braqué sur lui en hésitant, parce que je sais qu'il le fera et que je vais avoir droit à un sermon sur les méfaits du sucre qui n'en finira jamais. Néanmoins, certaines choses valent un sacrifice. Je baisse le canon au niveau de sa ceinture et je tire. L'irlandais se redresse en sentant le froid envahir son caleçon, il jure dans sa langue natale et je ris comme un crétin.

La seconde d'après, il est debout et me fonce dessus. Je recule en pompant de l'eau pour tirer de nouveau. J'arrose cet enfoiré qui continue de grogner jusqu'à ce qu'il arrive à me prendre l'arme en plastique. Dans notre lutte, on finit par terre.

Savage jette le jouet plus loin et attrape les pans de mon cuir. Je ne vois pas son regard avec ses foutues lunettes, cependant je le connais assez pour savoir qu'il est plus amusé qu'énervé.

Son visage se rapproche, mais un cri aigu qui provient du fond du jardin le stoppe. On tourne la tête dans cette direction, c'est Salem et Tarryn qui s'amusent elles aussi avec les pistolets à eau.

Je donne un coup de hanche pour que Savage m'accorde de nouveau son attention. Les gamines se foutent de ce qu'on fait, elles savent qu'on passe notre temps à se battre. Toutefois, il ne m'embrassera pas.

Je dégage ses lunettes pour le plaisir de voir ses pupilles vertes.

— Je crois que tu me manques, je lâche sans réfléchir.

L'irlandais sourit en frottant sa queue contre la mienne.

— On est confinés ensemble.

— Je sais, mais c'est…

Je réfléchis à ce que je pourrais dire pour qu'il comprenne. C'est compliqué quand son corps est avachi sur le mien, que je le sens bander et que ses lèvres sont à un mouvement de tête des miennes.

— Pas assez ? il demande.

— Ouais, pas assez. De toi, seul.

Il se redresse et s'assoit dans l'herbe, les genoux relevés.

— Ne me fait pas ça maintenant, père Noël.

— Quoi ?

— M'exciter alors qu'il n'y a pas un endroit de libre dans ce putain de MC.

— Je n'ai rien fait.

— Si, tu dis des choses.

Je m'assois à mon tour en riant.

— Je dis toujours des choses, Sav.

Il inspire et me jette ce regard qui signifie que je joue au con.

— Quoi ?!

— Tu sais ce que je veux dire, mais comme t'es un enfoiré, tu vas m'obliger à prononcer les mots, c'est ça ?

— T'as tout compris.

— Bien, de nous deux, t'es celui qui est le moins propice aux petites déclarations. On va dire que t'es plus dans les actes que dans les mots, alors quand tu me balances que je te manque, ça me fait de l'effet. Satisfait ?

— Tu me manques.

Savage rit avant de pousser mon épaule.

— Arrête, sinon peu importe qui il y aura dans ce jardin, je vais te baiser.

— Sérieusement, Savage.

Son sourire disparaît, il me dévisage avec plus de gravité et c'est à mon tour d'avoir toutes les peines du monde à lui résister. Si je ne suis pas adepte des mots, lui, c'est le sérieux qui lui fait défaut. Alors je comprends ce qu'il a voulu dire, l'effet que ça lui fait. Parce que Savage est concentré pour deux choses seulement, le club et les gens qu'il aime.

— Je ne pensais pas, il murmure, je… c'est compliqué de s'octroyer du temps pour nous en ce moment.

— On peut se barrer tous les deux, je propose.

— Et se faire tuer par Sean ?

— On peut se dévouer pour les courses et faire un détour sans quitter la bagnole.

L'irlandais réfléchit, ce ne sera pas compliqué de trouver un endroit désert juste pour baiser sans devoir être discret ou rapide. Prendre une heure juste pour nous. Bon Dieu, ce confinement va me rendre fou si on doit passer des semaines comme ça. J'ai mes habitudes avec lui et ouais, quand on m'en sort, je suis de mauvaise humeur.

— On peut faire ça, conclut l'irlandais. Mais t'as intérêt à bouffer ce soir et demain si tu veux qu'on y aille au plus vite.

— Ce n'est pas un problème.

— Je me doute.

— Affaire conclue, alors. Demain en fin de journée, toi, moi, les courses et ton cul.

— Sacré programme.

Je sens l'envie dans sa voix et son regard, demain me paraît trop loin.

— Tu pourras crier, je fantasme à voix haute.

— Je ne crie pas, père Noël.

— Crois-moi, tu le feras.

Il jure en gaélique puis il se frotte le visage et je reconnais la tension en lui. Elle se transmet parfaitement à mon corps.

— Je devrais commencer à vider le frigo.

— Ouais, bonne idée. Casse-toi.

— T'es trop romantique.

— Je vais te romantiser dans deux secondes si tu ne quittes pas ce putain de jardin.

— C'est un synonyme de sodomiser ?

Savage me jette un regard noir.

— Je t'excite, l'irlandais ?

— Klax…

— Je m'excite tout seul à imaginer ce que je vais te faire dans le SUV de Sean. Il le ferait brûler s'il savait.

— Dégage.

— J'adore ça, qu'entre nous ce ne soit pas simple, qu'on soit obligés d'entrer dans la chambre de l'autre par la fenêtre ou de fomenter des plans pour aller baiser. Ça me rend dingue, Sav, de savoir que t'es à moi et pas les autres, d'avoir à créer des trucs juste pour nous et…

Je suis coupé dans mon élan par son corps qui me couche au sol.

— Est-ce que tu vas finir par la fermer ?

— Demain, je pourrais parler ?

Il sourit et c'est vraiment compliqué de ne pas le toucher, de penser aux autres à cet instant et de se contenir. Ça fait des années qu'on s'entraîne et plusieurs fois on a poussé le vice de cette façon, mais généralement, le soir même on évacue la pression. Là, il va falloir être patient.

— Ça dépend, si t'es capable de me sucer en même temps.

Je grogne un truc qui sort de ma poitrine et l'irlandais se relève immédiatement.

— On va déraper, père Noël.

— Je peux déraper et tomber la queue dans ton cul ?

Il se met à rire puis il me tend la main pour que je me relève aussi. Son entrejambe gonflé est toujours trempé.

— T'es en forme aujourd'hui.

— Ouais, la frustration, mon frère, c'est terrible.

— Demain, on dérapera comme on veut. En attendant, j'ai un tournoi de jeux vidéo qui m'attend avec mes neveux. Et toi, un frigo à vider.

J'acquiesce et range mes mains dans les poches de mon jean en me sermonnant qu'il a raison. Le pire, c'est que même s'il semble se maîtriser, demain il sera déchaîné parce qu'il pourra enfin lâcher tout ce qu'il retient.

Merde, je dois arrêter de penser à ça, à lui qui a tellement envie de moi qu'il est trop impatient pour quoi que ce soit, sinon cette journée va être interminable.

— À plus tard, père Noël.

Il allume une clope pourtant il ne bouge pas.

Ouais, à plus.

— T'es encore là.

— Toi aussi.

— Je fume ma clope.

— Je te regarde fumer ta clope.

— On ne va pas y arriver, on dirait.

— Bien sûr que si, ce ne sera pas la première fois.

— C'est vrai, mais celle-là, elle est différente. Je me trompe ?

Je l'observe tirer frénétiquement sur sa cigarette pendant que je réfléchis. Il a raison.

— Habituellement quand on est confinés, on sait contre qui on se bat. On peut se défendre et tant que les gamins ne bougent pas d'ici, il n'y a pas de problème. Là, on n'a pas d'armes contre ce virus, on est… inutiles.

— Ça te ronge ?

— Ouais.

46

Le sérieux nous gagne tous les deux alors qu'on s'observe les yeux dans les yeux. Mon cœur frappe plus fort et les vérités sont flippantes.

— On fait attention, Klax.

— Je sais. Mais avec ce que tu fumes si…

— Ta gueule. Je ne vais pas choper cette merde.

— T'as intérêt parce que je débarque en réa et je te plombe.

— Moi aussi, je t'aime.

Je ferme les yeux deux secondes pour échapper à ce sentiment qui me ferait l'allonger sur l'herbe pour autre chose que se regarder dans le blanc des yeux.

— Putain de merde ! je grogne en le doublant, j'ai un dîner qui m'attend.

Savage rit en terminant sa clope. Même si je sais qu'on prend toutes les précautions d'usage dans ce genre de situation, je flippe quand même. Parce que je ne suis pas habitué à avoir des ennemis invisibles, à ne pas pouvoir mettre un visage sur celui que je dois tuer. Je pourrais sortir toutes mes armes et créer une tonne de plans d'attaque, ça ne servirait à rien. Et si je devais perdre Savage, je sais que je n'y survivrais pas.

***

J'arrive au bar du club, la quasi-totalité des femmes y est présente pour boire un verre et discuter.

— Bon, dis-je en me plantant au milieu de leur groupe, laquelle de ces dames va avoir l'honneur de me préparer un petit en-cas ?

J'ai le droit à des regards sombres et à un lot d'injures. Si c'était moi qui les disais, elle se ferait un plaisir de me sermonner vis-à-vis des gamins.

J'aime bien les emmerder, elles partent au quart de tour quand il est question d'égalité des sexes pourtant, elles savent que je déconne. Et ça me change les idées. Aucune ingrate ne se décide, alors je vais essayer moi-même de cuisiner quelque chose. J'arrive dans la cuisine fraîchement nettoyée. J'espère que c'est Nir ou Liam qui était de corvée de ménage parce que je vais tout saccager dans quelques minutes.

Un corps se presse dans mon dos et un visage se pose sur mon épaule. Je reconnais Sky à son odeur de patchouli et à sa masse de cheveux qui frotte ma joue.

— Je vais t'aider.

Cette femme a bien trop bon cœur et mon air désespéré l'a sûrement eue. Sky me double pour aller jusqu'au frigo. Je me fais la réflexion que même si son aide est appréciable, avec elle, je vais avoir droit à une soupe ou un truc qui inclut beaucoup, beaucoup trop de légumes.

Mais ce n'est pas grave, si ça veut dire partir en expédition avec Savage demain, je peux ingurgiter un potager entier.

Comme je m'y attendais, c'est bien ce qu'elle sort du frigo, Sky le referme sans même avoir pris un steak ou quelque chose d'animal.

— Hop hop hop, ma jolie, je ne suis pas un gamin sans muscles, j'ai besoin de protéines.

La femme de Nir me sourit, une main posée sur sa hanche. Quand elle fait ça, j'ai justement l'impression d'être un de ses rejetons.

— J'ai sorti du tofu.

— Mon Dieu, tout, mais pas ça.

— Klax... tu sais, le tofu cuisiné ce n'est pas si mauvais.

— Pas si mauvais... même toi, tu n'y crois pas.

Elle me tend un épluche-légumes et quelques pommes de terre. Malheureusement Sky devra doubler ses proportions une fois que j'aurais enlevé la peau et beaucoup de chair avec. Je suis doué comme un manche même avec les bons ustensiles.

Je m'installe à la table pour exécuter ma tâche pendant qu'elle nettoie les autres légumes.

— Tout va bien ? elle demande.

— Ouais et toi ?

Sky me rejoint avec son jardin dans les mains qu'elle dépose entre nous. Ce sera donc atelier épluchage et découpage. Je devrais dégotter un mioche, mais c'est bien d'être occupé au calme pour une fois.

— En vrai Klax, tout va bien ?

Le regard tendre de la femme de mon frère s'enfonce dans le mien, si bien que je détourne les yeux sur mes patates. Le silence s'installe et je sais d'expérience qu'elle sera patiente, qu'elle va attendre que je parle sans rien exiger. Je crois que c'est pire comme tactique parce que je me sens obligé de dire quelque chose.

— Tu flippes pas ? je l'interroge à la place.

— Si, un peu. Moins ces derniers temps cela dit. Mais au début, beaucoup. Pour les enfants surtout. Par chance, j'ai un mari en or qui sait me rassurer.

Ouais, Nir fera tout son possible pour qu'elle se sente en sécurité. Moi, j'ai Savage qui dans son genre peut aussi être rassurant.

— Klax, je sais que t'aimes pas être impuissant.

Je ricane en lui offrant un regard de biais, ça c'est une putain d'évidence.

— Ce que je veux dire, elle reprend en posant sa main sur la mienne, c'est que t'as le droit de flipper, d'être énervé, d'en avoir marre et de craquer.

— Tu ne veux pas que je craque, personne dans ce putain de MC ne veut que je craque.

Pas même moi, parce que j'ignore comment évacuer tout ça. Je ne suis pas habitué à me contenir. Je décharge tout avec Savage ou dans le boulot ou sur ma moto. Aujourd'hui, je suis privé de tout.

— Si, avec moi tu peux, tu le sais, non ? Avec Nir aussi, on ne te jugera pas sur ça.

— Tu veux que je chiale ?

— Non, elle rit, je veux que tu me parles.

— J'ai faim.

— J'avais remarqué. Et comme je suis sympa…

Sky se lève et va jusqu'au frigo pour sortir un paquet de viande.

— Mais demain, tu devras aller aux courses.

— Fais chier, je feins, je déteste ça.

— Je sais, mais c'est comme ça, tu vides, tu remplis.

Je me retiens de rire, je vais remplir demain et pas que le frigo.

CHAPITRE 5

𝕾𝖆𝖛𝖆𝖌𝖊

— C'est le moment de me dire ce que tu voulais me faire dans le SUV de Sean, mec.

Cette virée pour faire les courses est la meilleure idée de l'année. Gina et Sky nous ont déguisés en chirurgiens du dimanche avec des masques, des gants, des blouses et des calots pour nous protéger. On ressemble à une version moins sexy des docteurs de la télévision. J'ai eu l'impression d'être comme Rick dans The Walking Dead. J'ai vu passer des mèmes à ce sujet, hé bien, c'est exactement ça. On est parti en expédition ravitaillement avec Klax comme des survivants à l'apocalypse.

L'extérieur est assez flippant, avec la réglementation pour les courses, tout est désert. On a eu une liste de cinq pages et nos chariots étaient blindés. On vient de mettre deux putains d'heures à tout faire, et le SUV est envahi sous les sacs de provisions.

Je retire mes gants et l'espèce de bonnet qui me gratte la tête. Klax prend son temps pour fermer le coffre. C'est électrique entre nous depuis hier soir. Les promesses de la veille m'ont rendu dingue. J'ai envie de passer ce moment en tête-à-tête avec lui.

J'ai pensé à tout d'ailleurs. Je nous ai isolés dans le coin le plus sombre et le plus désert du parking du centre commercial, loin des caméras et des curieux. Nous sommes tranquilles pour faire notre affaire et éviter d'être surpris par des flics.

Et avec le coup foireux que ces connards de jumeaux m'ont fait en repeignant ma piaule en rose, je compte bien me venger et baiser comme des bêtes sur la banquette en cuir de luxe de Sean. Si on peut la couvrir de sperme et de lubrifiant, mon ego sera aux anges.

Le moins qu'on puisse dire, c'est que la péripétie a amusé toute la cavalerie. Perso, ça m'a donné une excuse pour aller squatter la chambre de Klax. On a inventé une dispute à la con et tout le monde a cru qu'on avait pioncé tête-bêche sur son lit en attendant que l'odeur de peinture disparaisse.

Ma chambre ressemble à celle d'une princesse, sans déc.

Très vite, j'oublie ce détail en voyant Klax s'approcher de moi. Il me jette un regard fiévreux.

Que les jeux commencent.

— Te le dire ?

— Ouais.

— Mec, je ne vais pas te le dire, je vais te le montrer.

Un frisson d'anticipation me gagne, j'oublie le stress des courses, j'oublie le coup foireux de nos frères, je ne pense qu'à l'homme que j'aime et qui me dévore des yeux avec la même envie qu'hier. Klax ne se livre pas beaucoup et l'entendre me dire que je lui manque, c'est une belle déclaration. Dormir contre lui cette nuit sans pouvoir baiser comme on en avait envie fut une véritable torture.

— Vire tes fringues, poursuit le sergent d'armes en ouvrant la portière et en saisissant un sac qu'il jette à nos pieds.

— Gina te féliciterait pour ça, je le taquine.

Je regarde autour de nous que personne n'assiste à un strip-tease. Rien à signaler. Je retire mes vêtements un à un, puis je les jette dans le sac. Klax m'observe sans pudeur. Ses yeux me scrutent avec envie. Je vois un renflement déformer son jean, ça l'excite et moi aussi.

Je termine en boxer face à lui.

— Avoue que mon corps de déesse te rend fou, je lâche avec humour en écartant les bras.

— Grimpe dans cette bagnole.

— Tant d'autorité, ça me fait bander.

Mais j'obéis, curieux de voir ce qu'il a en tête, j'en profite pour le mater outrageusement pendant qu'il vire également des fringues « contaminées ». La situation pourrait être comique, mais en vérité, elle ne fait que m'enflammer. Quelques instants plus tard, Klax entre à son tour, il balance le sac fermé à l'arrière, puis il claque la porte et verrouille le SUV. Lorsqu'il balance les clés sur le siège avant, il lance le top départ pour une baise plus que méritée.

Je lui fonce dessus. Je grimpe sur le biker et le plaque contre le cuir. Nos torses nus se frôlent, nos regards se croisent et l'impatience prend le pas sur le reste.

Plus d'attente, plus de retenue.

Juste nous.

Je n'hésite plus. Sa bouche retrouve la mienne dans un baiser vorace et intense. Nos lèvres se cherchent avec avidité. Parfois, j'ai encore l'impression que c'est comme lors de notre premier baiser. Il régnait une atmosphère tendue et dangereuse, un flirt entre violence et passion. Je me demandais quand Klax allait s'éloigner pour m'en coller une au lieu de me dévorer.

Je souris en repensant à ce bon vieux temps, heureusement qu'on continue à se chambrer et à se battre, j'adore quand on se réconcilie sur l'oreiller. J'aime tellement l'énerver, c'est l'un de nos meilleurs préliminaires.

— Tu souris, souffle-t-il contre ma bouche.

Je mordille sa lèvre en répondant :

— Je me demande ce que tu me ferais si je t'énervais.

Le sergent d'armes étouffe un rire, il m'attire davantage contre lui.

— Ne joue pas avec mes nerfs.

Ses joues râpeuses effleurent les miennes barbues. Les battements dans ma poitrine sont plus irréguliers. Je ne me lasse pas de ce bouleversement qu'il engendre dans mon cœur. Je ne pensais pas aimer quelqu'un un jour si fort avant de le rencontrer, lui.

— Oh si, on va jouer, je confirme.

Je l'embrasse à nouveau. Nos souffles se mélangent, nos corps entrent en action dans un ballet vieux comme le monde.

On est rodés, nos mains s'activent comme si elles étaient robotisées. Mes paumes encerclent son visage pour le maintenir contre moi pendant qu'on prolonge ce baiser qui fait grimper la température dans l'habitacle de la voiture. Les mains de Klax s'aventurent sur chaque parcelle de peau à sa disposition, caressant mes tatouages qu'il connaît par cœur, jusqu'à atteindre mes fesses tatouées qu'il rêve de posséder. Il les presse et me ramène vers ses hanches. Nos deux érections s'effleurent, un juron nous échappe et putain, j'ai envie de le toucher. Envie de sentir ses longs doigts me branler. Envie de me fondre en lui et qu'il se perde en moi. Envie de laisser le désir nous submerger.

— Je ne devais pas crier ? je le provoque.

Un rire rauque résonne. Klax tire sur mon boxer, je laisse mes ongles courts vagabonder sur son torse.

— T'es sûr que tu veux jouer à ça, l'irlandais ? chuchote-t-il à mon oreille.

— Ouais.

Je lèche sa mâchoire, mordille son cou, dérive jusqu'à son torse. Heureusement que la bagnole de Sean est grande, sinon, on serait à l'étroit. Ça m'excite encore plus de baiser ici. Ma langue taquine ses tétons jusqu'à s'aventurer le long de son torse. Je mordille ses abdos, dessine le rebord de son boxer avec ma bouche, puis mes doigts glissent sous l'élastique et descendent d'un geste souple le sous-vêtement. L'érection de Klax se dresse entre nous. Belle, imposante et terriblement tentante. Je lui jette un regard fiévreux qui fait jurer le Blood.

— Ne me provoque pas, me menace-t-il sur un ton qui ne masque pas son désir.

Sinon quoi ?

Je souris en m'approchant de son sexe. Bien sûr qu'on va jouer, il va perdre et je vais gagner. Je mords sa peau et laisse la marque de mes dents sur sa cuisse. Klax sursaute.

— T'es déchaîné, putain !

— Comme une envie de te provoquer encore.

Ma main s'enroule autour de sa verge et, sans attendre, j'enrobe son gland de mes lèvres. Ma langue percée vient taquiner cette zone sensible, Klax grogne en fourrant sa main dans mes cheveux blonds pour me maintenir contre lui. J'anticipe ses réactions, je détends ma gorge et lorsque je commence à creuser mes joues, le biker perd pied. D'un geste franc, il s'enfonce pour baiser ma bouche. Ma langue effleure son membre à chaque va-et-vient, je lui laisse m'imposer son rythme en sachant pertinemment que j'ai les clés de son plaisir.

— Putain, Sav, tu me tues.

Je l'aspire plus fort, plus vite, mes yeux ne le quittent pas tandis qu'il m'observe le sucer, je me mets à fredonner, Klax halète, ses hanches suivent mes mouvements, ma main encercle la base de son sexe, rajoutant une friction supplémentaire à cette stimulation. Je savoure de l'avoir à moi, détendu, totalement abandonné à mes soins. Plus je joue avec ses nerfs, plus j'ai de chances d'être baisé comme un fou et de hurler. Lorsque je déplace ma langue pour venir effleurer son frein, le sergent d'armes disjoncte. J'adore le sentir prendre du volume entre mes lèvres.

— Stop ! Si t'as envie que je te baise, ne continue pas.

Mais je continue, je laisse courir mon muscle sur lui une dernière fois en déposant une couche de salive. Le Blood me saisit par les épaules. Il m'éloigne de son sexe sensible pour m'attirer à lui. Sur lui. Je termine assis sur ses cuisses, sa main se noue autour de ma nuque et sa bouche se plaque contre la mienne dans un baiser fiévreux. D'une main, je baisse mon boxer, libérant ma queue, puis je saisis nos deux érections pour les caresser ensemble, l'une contre l'autre. Klax mord ma langue, haletant. Il revient sur mes fesses, ses paumes malaxent mes lobes et cherchent à m'attirer plus près de lui encore. Cette simple pression m'excite comme un fou.

— Qui de nous deux va se faire romantiser ? murmure-t-il contre ma bouche.

Un frisson le gagne lorsque je frôle son gland humide. Il répond à ma provocation en faisant glisser son doigt le long de ma raie.

— Va te faire foutre, père Noël !

— Ouais, ce sera toi l'irlandais.

D'un geste brusque, Klax me redresse, je suis à genoux. Le Blood malmène mon torse, joue avec mes piercings, lèche ma peau tatouée. Il va vite, signe de son impatience. Je souris en le voyant œuvrer. Qui aurait cru qu'un mec si hétéro devienne le roi de la pipe ? Pourtant, c'est devenu mon roi et je suis dingue de chacune des caresses qu'il me donne. L'assurance qu'il a me déconcerte et me surprend toujours. C'est le meilleur amant dont je pouvais rêver. Passionné, intransigeant et bon élève.

— Je croyais que tu devais me faire crier, je le taquine.

Ma main tatouée s'immisce dans ses cheveux bruns alors que son visage se penche en direction de mon entrejambe.

— Tu vas crier mon prénom, m'affirme-t-il avec confiance.

Il m'offre un regard brûlant. Klax aligne sa bouche avec ma verge épaisse avant de céder. Il m'avale entièrement. Les sensations sont si soudaines qu'elles m'empêchent de réfléchir. Je me retiens aux appuie-têtes de la banquette arrière, Klax me redresse davantage et je lui laisse libre accès.

Putain de merde.

Ma queue devient de plus en plus dure au fur et à mesure des va-et-vient de sa bouche, il me suce avec perfection, sa langue ravage mon sexe. Elle joue avec mon piercing et chaque caresse sur mon gland me fait haleter. Ce connard me connaît par cœur, il a les clés et les codes pour me faire jouir en quelques minutes, c'est l'avantage d'avoir le même amant depuis des années :, il a appris à me découvrir dans les moindres détails et il se sert de ses connaissances pour renouveler l'acte à chaque fois, rendant toutes les étreintes aussi fortes que les précédentes. Je me demande si le niveau baissera un jour, mais jusqu'à preuve du contraire, toutes nos baises sont mémorables. Sauf quand on est bourrés, fatigués, après la troisième fois ou quand l'envie se barre. Évidemment, ça, ça ne compte pas.

— Je ne t'entends pas parler, je le provoque.

Ses doigts resserrent la base de mon sexe, me provoquant un frisson alors qu'il augmente la cadence de ses succions. Sa langue m'explore, sa bouche m'emprisonne dans cette chaleur euphorisante. Ce mélange de frottements et de coups de langue me rend dingue.

Klax s'arrête, m'arrachant un gémissement qui le fait sourire. Ses lèvres sont humides, et putain, c'est la tentation incarnée.

— Ferme-la, l'irlandais et chope mon cuir à l'avant.

— Non, l'objectif c'était…

Son poing se referme autour de mon érection, il commence à me branler si fort, que la friction de sa peau sur la mienne me fait chanceler.

— Je sais ce que tu cherches, Sav, halète-t-il, tu sais que je te veux, je n'ai aucune patience. T'as pas besoin de me provoquer plus pour que je te baise comme un fou. Je suis déjà à ta merci dès l'instant où tu m'as demandé le programme, alors attrape le lubrifiant dans mon blouson que je puisse te prendre.

Bordel.

J'obéis avec une telle rapidité que j'en perds presque l'équilibre. Je trouve le petit flacon stratégiquement placé dans la poche de son cuir.

— J'ai créé un monstre, je déclare en souriant.

Un monstre ou un dieu du sexe, je ne sais plus dans quelle catégorie le mettre alors qu'il me chauffe avec ses mots et ses gestes.

— Plus de quinze ans de vie commune, l'irlandais, faut pas t'étonner.

Pas que je m'en plaigne, au contraire, je pourrais même trouver ce confinement… divertissant, si ça le rend si nerveux et excitant. Je veux bien être son défouloir durant les prochaines semaines s'il demeure dans cet état. Il est bandant quand son désir pour moi est si fort.

Klax m'arrache le lubrifiant des mains, il s'en couvre les paumes avant de reprendre cette putain de torture avec sa bouche et ses phalanges.

Ses doigts m'enflamment. Je grogne lorsque le premier glisse en moi. Klax me tourmente et bon sang, il fait ça bien. À chaque fois que sa bouche m'accueille plus profondément en lui, ses doigts viennent travailler les muscles de mon cul. Il prend le temps de me détendre, stimulant mes nerfs et ma prostate, m'offrant une double stimulation qui me fait perdre l'esprit. C'est chaud, j'en tremble de nous voir comme ça. La vision de mon sexe disparaissant entre ses lèvres est l'image la plus sensuelle qui existe. J'ai envie de l'embrasser comme un fou.

Envie de tellement plus.

Je commence à trembler, le plaisir s'installe, il est puissant. La chaleur me terrasse et je n'arrive plus à maîtriser le désir.

— Klax... je gémis.

Je tire dans ses cheveux pour l'alerter, je veux jouir en l'ayant senti en moi. Pas avant. Sa langue s'attarde sur la tête de mon sexe, il se venge.

— T'as gagné, enfoiré. Baise-moi !

Le sergent d'armes s'arrête, je suis sûr qu'il sourit. Je n'ai pas le temps de dire quoi que ce soit. Il s'écarte, me laissant à genoux, mais très vite, il se retrouve derrière moi, son torse vient se frotter à mon dos. Son bras enlace ma taille, il mordille ma nuque.

— C'est le moment de déraper dans mon cul, je lâche avec humour.

Un rire lui échappe.

— Exactement.

Il s'empare à nouveau du lubrifiant, je devine qu'il en verse une bonne dose sur son sexe, puis la fraîcheur du liquide revient hanter mon entrée.

— Je te manque, je lui rappelle.

Klax continue son manège, allant et venant en moi. Je bande de plus en plus, je ne vais pas durer très longtemps s'il continue.

— Je profite du moment, après, il faudra que j'attende dix longs jours avant de te baiser encore en prétextant faire des courses.

Instinctivement, mes fesses rejoignent ses doigts, trois glissent avec facilité en moi. La sensation est jouissive, mais ce n'est pas assez.

— C'est ta queue je veux, je râle.

— Impatient ?

Je déglutis avec difficulté en essayant de contrôler ce désir qui me brûle la peau.

Évidemment.

Ses doigts se retirent, Klax s'installe entre mes cuisses écartées. Il place son érection dans l'alignement de mes hanches. Son gland s'appuie contre mon orifice lubrifié, puis il commence à se masturber entre mes deux lobes, repoussant l'instant de notre union.

— Fébrile ? je me moque de lui.

Je veux qu'il me prenne vite et fort, j'en ai marre de patienter, marre de…

D'une pénétration franche, il se fraie un chemin dans mon corps, me plaquant contre les sièges. Sa soudaine intrusion me fait hurler son prénom. C'est un mix entre douleur et plaisir qui me fait planer. Mes fesses reposent contre ses cuisses, il est complètement enfoui en moi.

— Bordel, Sav !

Lorsque Klax s'immobilise en moi, nous restons figés quelques secondes, le temps d'encaisser ce plaisir intense de nos deux êtres qui fusionnent. Mes muscles palpitent autour de lui, la sensation de l'avoir en moi est toujours aussi délirante, j'adore ça, et j'aime le sentir bouillonnant face aux réactions de mon corps quand il plante sa queue profondément en moi.

— Bordel, c'est… commence-t-il.

— Tellement bon ?

— Ouais.

Tellement fort aussi.

Le Blood se retire, m'arrachant un grognement face à ce manque soudain. Ses dents mordillent le lobe de mon oreille, me faisant haleter. L'instant d'après, il débute ses assauts, il ne m'épargne en rien et laisse le désir éclater entre nous.

Toujours plus vite, toujours plus fort.

Mes fesses rejoignent ses hanches, je m'empale sur son membre pour l'informer que j'en veux plus. Ma main monte et descend le long de ma verge. J'adopte le même rythme que lui, cherchant à trouver le soulagement le plus vite possible. J'ai chaud, j'ai l'impression que mon cœur va éclater. Nos respirations sont irrégulières. Ma tête s'incline contre son épaule, j'encaisse ses pénétrations, chacune plus brutale que la précédente. Un sourire se dessine sur mon visage lorsque ses hanches claquent contre mes fesses tatouées. Ce bruit alimente l'excitation en moi, rendant l'acte encore plus salace.

— C'est divin d'être en toi.

— Je te tue si tu t'arrêtes, je halète.

— Je ne comptais pas m'arrêter, me confirme Klax en murmurant à mon oreille.

Un gémissement m'échappe lorsque sa verge heure ma prostate, des spasmes de plaisir m'inondent et viennent durcir ma propre érection déjà meurtrie.

— Plus fort.

Je veux encore le sentir en moi demain matin et pendant plusieurs jours aussi. Et même si je ne suis pas du genre à rougir, j'ai envie d'avoir une putain d'érection automatique en repensant à ce moment jusqu'au prochain.

Klax s'exécute et c'est le pied. La pression dans mes bourses enfle, je sens l'orgasme grimper, ça va être violent lorsqu'il va éclater. Le plaisir s'impose dans mes veines, mon cœur martèle ma poitrine.

Klax s'accroche à mes hanches. Il m'impose une cadence infernale et irrégulière, il se retire de mon orifice pour mieux revenir. Chaque poussée est plus franche que la précédente, il m'en offre plusieurs rapides et brusques, m'arrachant des gémissements de pure extase, me clouant contre les sièges du SUV. Je me retiens au cuir, attendant la prochaine intrusion avec impatience. Klax me surprend en ralentissant le rythme, sa queue me pénètre plus lentement, je savoure chaque centimètre de son sexe bougeant en moi.

— Putain, je jure.

Lorsqu'il change l'angle de ses pénétrations, le Blood effleure ma prostate. Je me caresse en m'imposant des gestes rapides. Je ferme les yeux en luttant contre l'envie de jouir à cause de ses assauts répétés.

— Embrasse-moi, ordonne-t-il.

Ma tête se tourne et la bouche de Klax rejoint la mienne. Ma langue plonge en lui, exigeant un baiser brutal et intense.

Le sergent d'armes s'abandonne dans la frénésie du moment et j'aime chaque seconde où nos corps communiquent, se donnent du plaisir et se préparent à basculer ensemble.

C'est ce qu'il se produit quelques instants plus tard, la jouissance nous surprend, puissante et dévastatrice. L'orgasme me terrasse, je jouis dans ma main en savourant la friction du sexe de Klax qui continue de m'étirer.

— Bordel !

Mes yeux se ferment sous l'explosion de plaisir, l'air qui entre dans mes poumons me brûle, je n'arrive plus à penser. C'est juste trop bon.

Trop intense.

Trop nous.

Mon esprit se reconnecte quelques instants avant que mon amant s'abandonne à son tour, savourant les effets de mon orgasme sur son érection. Klax succombe. Il s'enfonce une dernière fois en moi avant d'éjaculer. Je sens sa chaleur me remplir et bordel, ça me fait vriller.

Le Blood s'effondre, sa peau moite se presse contre la mienne, je souris, je me sens apaisé et parfaitement baisé. Klax embrasse ma peau avant de se retirer. Le manque me fait frissonner, mais très vite, il m'attire à lui pour m'enlacer. On termine l'un contre l'autre, transpirant, le souffle court et le cœur en vrac.

— J'aime quand je te manque comme ça, je déclare avec une pointe d'humour.

Nos regards se croisent.

— C'est ce qu'on appelle une affaire conclue.

Klax sourit en laissant sa main vagabonder sur mon torse. Il ne dit rien, pas besoin de mots après tant d'années ensemble, le silence est plus parlant que n'importe quelle déclaration. On reste l'un contre l'autre à profiter d'un moment de solitude loin du confinement et des autres, juste entre nous. Il me manque à moi aussi. Notre quotidien, nos stratégies bien rodées pour faire vivre une histoire qui ne devrait pas exister. J'ai envie d'une clope et de rester allongé contre lui. Si nous étions chez nous, on materait une série ou un match, on s'engueulerait puis on baiserait à nouveau. Malheureusement, il va falloir rentrer et cette situation me rappelle qu'il faut profiter de chaque instant, même après des années de relation.

Mon cœur se serre et je comprends ce que Klax voulait dire hier. Je me redresse pour l'observer. Mon mec perd son sourire, l'ambiance entre nous devient plus… émouvante.

— Moi aussi, l'irlandais, moi aussi.

Klax m'attire à lui pour m'embrasser, plus chastement cette fois-ci. Les je t'aime sont inutiles dans cette circonstance. Tous nos actes nous le prouvent. Et c'est ce qui est le plus important.

***

Je crois que nous allons avoir des problèmes si je me fie au rassemblement de Blood dans la cour quand nous nous garons. Heureusement, on avait des packs de glace pour les courses parce qu'on a… légèrement traîné.

— Rappelle-toi que ça en valait la peine, je déclare à Klax qui coupe le moteur.

On a pris le temps de passer un moment en tête-à-tête, puis on a quand même dû nettoyer la bagnole de Sean pour éviter de se faire griller. Klax a pris les chemins les plus longs avant de rentrer, et ça nous a fait du bien de se retrouver, de pouvoir s'embrasser, se charrier et se toucher sans avoir à regarder qui peut nous surprendre.

Je crois que je vais devenir le meilleur coursier du MC, si c'est pour passer un peu de temps avec lui.

— Ça en vaut toujours la peine avec toi, lâche-t-il.

On se jette un regard, un frisson s'empare de moi, je chasse les idées interdites de ma tête, hors de question de repenser à ça. Je dois le fuir avant de faire une connerie.

On descend de la bagnole. Nos frères nous dévisagent avec colère.

— Bordel, mais vous foutiez quoi ? nous engueule Creed.

— Ça fait deux heures qu'on vous attend, on s'était organisés pour désinfecter les courses ! râle Rhymes.

— On a un peu profité de la balade, je plaisante.

Klax m'envoie un coup dans les côtes, OK, pas d'humour. Même mon meilleur ami me fait les gros yeux, parce que lui, il sait très bien ce que j'ai foutu.

— Je sais que t'as envie de rire, Liam, je déclare.

Mon frère esquisse un sourire en feignant la contrariété.

— Il y avait du monde, se justifie Klax.

— Les portables, vous ne connaissez pas ? renchérit Sean, j'espère que ma caisse n'a rien !

Non, juste un peu de sueur et de sperme, mec.

Nirvana, Lochan et Andreas s'arment de gants et commencent à décharger. Je crois qu'on va se faire pourrir par Sky et Gina.

— À poil, exige notre président.

On se raidit en entendant l'ordre de Creed.

— Je crois que j'ai mal entendu.

— Non, t'as parfaitement entendu, déshabillez-vous, on va vous désinfecter à l'extérieur. Hors de question que vous entrez dans le club house.

Il se tourne vers Raccer.

— Mec, va chercher de quoi laver nos deux aventuriers et prends des masques.

— OK, Prez.

J'éclate de rire en voyant Nir courir en direction du jet d'eau qui nous sert à laver les motos. Elle est glaciale.

— Tu déconnes ? insiste Klax.

Mon amant n'a pas l'air amusé par la situation, au contraire, je trouve que c'est bien de prendre ses précautions.

— Si je touche Sean et Rhymes, est-ce qu'ils passeront à la désinfection ? je demande.

Le geek me foudroie du regard, s'il avait encore son fusil à paintball, je suis certain qu'il me canarderait.

— Jouez pas, les mecs, c'est pour la sécurité de tout le monde, intervient notre Prez.

Creed est nerveux, il sort une clope et l'allume dans la foulée. Le coffre est rapidement vidé, on se retrouve comme deux cons face à nos frères, Raccer revient équipé de savon.

Je ne cherche pas à discuter, je comprends qu'il veuille prendre des précautions. Je trouve même ça hilarant, je me demande s'ils n'avaient pas eu l'idée avant notre départ. Je n'ai pas le souvenir que les femmes aient eu à faire une douche sauvage la semaine dernière.

Je commence à retirer mon cuir, puis mes bottes. Klax m'observe en secouant la tête. Nous avons retiré nos colliers au début du confinement pour éviter de se faire griller.

— Hors de question que je me foute à poil ! On est fin mars !

— T'as peur d'attraper froid ? se moque Liam.

— Ouais, avoir la crève, c'est pas bon signe en ce moment.

— T'inquiète pas, on sait qu'elle est petite, renchérit l'irlandais.

Je m'étouffe dans ma barbe, impossible pour moi de confirmer l'inverse. Je me contente de me désaper en vitesse. La vanne de Liam a pour effet de détendre l'atmosphère, discrètement, Nir sort son téléphone pour prendre une photo.

Les enfoirés ! Je savais qu'ils le faisaient exprès.

— Dépêche-toi, Klax, on ne va pas rester là à mater Savage pendant dix ans, lâche Creed.

Mon compagnon jure, il finit par céder. On se retrouve en boxer sous les commentaires amusés de nos frères.

Riez les gars, riez.

— Putain, mais vous êtes allés tirer un coup chez les sauvages ou quoi ? s'amuse Nir.

Je zieute Klax et remarque les marques que j'ai laissées sur sa peau.

— Je confirme, c'était sauvage, je ris.

Klax me fait les gros yeux, les Irlandais se marrent.

— Je ne veux pas savoir ce que vous êtes allés faire ni avec qui, grogne notre président.

Rhymes attrape le tuyau. Il sourit trop pour un mec qui veut faire mine d'imposer une décision collective et sérieuse.

— On ne sait pas ce que vous avez foutu pendant deux heures, poursuit Sean. Alors, on ne prend pas de risques.

Je souris sans chercher à négocier.

— Je présume qu'on ne vote pas cette décision ? lâche le sergent d'armes.

— Tu présumes bien, confirme Creed.

— Tant qu'ils ne nous demandent pas de ramasser le savon, je suis prêt à me sacrifier pour vous divertir, mes frères, je déclare en riant.

Sean nous jette le gel douche.

— Enfoiré !

On termine par faire un remake d'un car wash en moins sexy. L'eau est gelée, alors on essaie d'être le plus efficace possible. Les jurons résonnent, nos frères se marrent et plusieurs clichés sont pris. On termine nettoyés et désinfectés, grelottant comme deux cons. Les Blood prennent trop de plaisir à nous voir nous geler les couilles.

Qu'est-ce qu'on ne ferait pas pour baiser.

— Bon, vous êtes consignés dans vos piaules pour quinze jours, ordonne Creed en nous balançant des serviettes.

En voilà une bonne nouvelle.

— Sérieux, Prez ? Mais on a respecté les consignes, on a jeté nos tenues et on s'est désinfecté les mains ! On vient même de prendre une putain de douche glaciale !

Je ne suis pas sûr que le lubrifiant soit certifié contre les virus. Je me mords la langue pour éviter de faire de l'humour, je crois que je jetterais de l'huile sur le feu.

Je me sèche rapidement pour ne pas mourir de froid et choper la grippe à défaut du Covid. Raccer me lance un masque que je réceptionne sans peine.

— Dans quinze jours, vous pourrez sortir de vos piaules, confirme Creed.

— Hors de question que je passe quinze jours dans ma piaule rose, je déclare.

— Tu vas devoir t'y faire, renchérit notre VP, amusé.

— Non, je ferais de la coloc avec le père Noël, je le corrige.

Un rire commun les gagne.

— Quinze jours dans 10 m² à deux ? Vous allez vous entre-tuer.

Je lance un regard sous-entendu à Liam. On va se battre c'est sûr, mais on va surtout baiser et ça, ça n'a pas de prix.

— On aura de quoi s'occuper.

— Démerdez-vous, mais vous ne sortez pas, sauf si vous êtes en train de vous étouffer. On ne prend pas de risques.

— OK, Prez.

— Pourquoi tu ne te rebelles pas, l'irlandais ? demande Sean.

Il m'observe avec ses yeux radars, essayant de deviner ce que j'ai en tête.

— Parce que je vais échapper aux corvées et que tu vas devoir te taper les miennes avec ton frangin, je rétorque.

Le geek grogne, hé oui, chacun sa merde.

— J'ai le droit d'avoir de l'alcool ? lâche Klax.

À mon tour, je ris, j'ai hâte de passer deux semaines avec lui, surtout s'il est ivre. Quand le Blood est dans cet état, il est très créatif. Perso, ça me va.

***

Évidemment, on s'est fait jeter par les filles, mais par chance, on a évité les jets de torchons et les jurons trop longtemps. Nos frères nous ont conduits dans la piaule de Klax. Le prétexte peinture et risque de maladie des poumons m'a bien servi d'excuses. Je ferais mine d'ici deux jours de vouloir retourner dans ma chambre pour sauver les apparences. La nuit, j'irai le rejoindre en douce par la fenêtre.

La porte se ferme derrière moi, Klax commence à faire les cent pas, je la verrouille et j'imagine déjà Sean ou Rhymes peindre sur nos portes deux interdits en rouge pour éviter que quelqu'un nous dérange.

— Pourquoi t'es si content ? me demande Klax, c'est presque suspect.

Ça l'est.

— On va pouvoir rester ensemble pendant 15 jours sans avoir à se coltiner les tâches domestiques. Quinze jours dans ta piaule à baiser, regarder la télé, baiser encore, s'engueuler, se battre et baiser pour se réconcilier. Et quand notre quarantaine sera finie, on sortira encore faire des courses et on baisera encore à l'arrière du SUV de Sean pour recommencer.

Klax se frotte le visage en retenant un sourire, sa frustration ne disparaît pas complètement, mais je vois une lueur familière naître dans son regard.

— T'es malin quand tu veux.

— Pour être avec toi, je trouve toujours des solutions. Bon même si je vais devoir te bâillonner.

— C'est toi qui cries, pas moi.

— Oh, mais je compte bien te faire crier, je confirme.

Klax se raidit, l'ambiance dans la chambre devient électrique la seconde d'après. Je me dirige vers lui.

— Second round ? je lui propose en retirant mon boxer trempé.

Le sergent d'armes enlève le sien et me le jette dessus.

— Surprends-moi.

Toujours.

CHAPITRE 6

Rhymes

Je scrute le bar qui me fait face. Les bouteilles se vident à une vitesse incroyable ces derniers temps et peut-être que faire un inventaire tuerait l'ennui qui m'accompagne.

Mes frères discutent de tout et de rien autour de moi. De l'actualité surtout et de Klax et Savage enfermés dans une chambre. J'ai beau m'ennuyer à mourir, si l'irlandais m'appelle encore une fois pour lui ramener de la bouffe, je le plombe.

Je me tourne sur mon tabouret pour m'intéresser à ce que Creed et Liam disent, mais je n'y suis pas vraiment. Je déteste ce confinement. Je déteste être enfermé, ça me rappelle des jours moins glorieux à la prison de l'état. Je devrais me satisfaire de savoir mes enfants en sécurité et en bonne santé, mais il manque quelque chose. Deux pour être honnête, ma liberté et Robyn.

Ça fait cinq jours maintenant qu'elle n'est pas rentrée et je commence à désespérer de la revoir un jour passer cette porte.

Elle me manque et je m'inquiète pour elle. La journée, j'arrive à tenir debout avec les gamins et tous ceux qui occupent ce club, mais la nuit, c'est l'enfer. Le lit est vide et ma femme est quelque part en ville à faire son putain de boulot que je déteste un peu plus chaque jour.

Liam et Creed font des paris sur lequel des deux enfermés va craquer en premier et nous supplier de le sortir de là.

— Klax, c'est évident, lâche Sean. Savage est un enfer.

— Parce que Klax est une crème ? l'interroge Andreas.

— Non, mais dans cette situation, les nerfs ne vont pas tenir longtemps et l'irlandais en a plus que Klax.

— Pas faux, acquiesce Raccer.

Il attrape la boîte à paris sur le comptoir et glisse un billet de cent à l'intérieur. Tout le monde votre contre Klax, sauf Liam et Nir. Ce qui m'intrigue.

— Y a quelque chose de louche. Vous les connaissez mieux que nous, et non seulement vous votez pareil, mais en plus, sans même en discuter.

— Comme tu dis, on les connaît.

Le sourire de Liam me laisse perplexe et je prends ma bière pour enfiler une autre gorgée en me disant qu'il ment. Il est au courant d'un truc et ça ne m'étonnerait même pas qu'il soit de mèche avec Savage pour se faire du fric sur notre dos.

Je m'apprête à lui dire le fond de ma pensée lorsque la porte d'entrée s'ouvre et que la personne qui en franchit le seuil manque de me faire cracher ma bière. Ce que Sean fait, en voyant Robyn s'avancer en sous-vêtements.

— Salut, les gars, quoi de neuf ? Moi ? Rien. J'ai juste oublié de prendre des fringues de rechange, mais promis, je file sous la douche.

On la regarde tous passer à côté de nous en soutien-gorge noir et slip assorti, son holster dans la main. Raccer va jusqu'à faire un pas de côté lorsqu'elle le dépasse pour mater son cul.

Une fois ma femme disparue dans le couloir, les regards de mes frères convergent dans ma direction.

Je me demande si elle me manque au point que je rêve éveillé.

Je me focalise sur Sean, son sourire et son air entendu me font réaliser que tout est vrai, elle vient d'offrir un défilé lingerie aux membres de mon MC.

Je me lève d'un bond.

— Un commentaire là-dessus et je passe mes prochains jours d'ennui à faire de vous des cibles à fléchettes.

Tout le monde baragouine des trucs qui ressemblent à « on n'a rien vu » et je m'en contente, même si je sais que ça n'en restera pas là.

Je rejoins rapidement ma chambre, j'entends l'eau couler. Je gagne la salle de bain, ses sous-vêtements sont par terre et son corps sous l'eau derrière la paroi floutée de la cabine. Je m'apprête à la rejoindre lorsqu'elle me devance.

— Si tu entres dans cette douche, je te tue, Rhymes.

Je jure en me frottant les cheveux. C'est de la torture de la savoir là et de ne pas pouvoir la toucher.

— Dépêche-toi.

Je ne vais pas essayer de me battre avec elle pour la rejoindre, c'est peine perdue, elle veut éviter les risques et je la comprends. Néanmoins, ça n'apaise pas mon impatience.

Je retourne dans la chambre et je fais les cent pas devant le lit. Mon corps est plus tendu que jamais, comme en ébullition et quand elle sort enfin de la salle de bain dans un peignoir, je ne lui laisse aucun répit.

J'attrape cette femme qui me donne plus d'arythmie que notre fils pyromane. Je la soulève pour qu'elle soit à ma hauteur et prends quelques secondes pour la regarder. Robyn sourit en caressant ma joue. Elle va bien malgré la fatigue dans ses beaux yeux marron.

— Salut, beau gosse.

Je nous fais tomber sur le lit, la shérif se met à rire. Ma bouche s'écrase sur la sienne avec envie. Je ferme les yeux pour sentir cette réalité s'infiltrer dans mes veines. Robyn est rentrée.

Je me redresse et ouvre ma braguette.

— Écarte les cuisses, dis-je d'une voix rauque.

Elle se tortille sous moi et le peignoir se détache pour me laisse apercevoir son corps parfait. Robyn s'exécute et mes doigts s'immiscent dans l'antre déjà humide qui m'attend.

— Je t'ai manqué, je souffle en retombant au-dessus d'elle.

Robyn me rapproche d'elle avec ses jambes et je n'attends pas plus, je la pénètre longuement. Elle gémit en se tendant et mes lèvres se posent sur son cou.

— Moi aussi, je t'ai manqué.

Elle n'a pas idée à quel point. Je laisse nos corps se retrouver en l'embrassant, en touchant chaque partie d'elle à disposition de mes mains, puis Robyn se met à gesticuler pour que je bouge.

Bon Dieu ! J'ai juste envie de rester en elle, de la garder des jours durant collée à ce lit pour qu'elle ne m'échappe plus et qu'elle arrête de prendre des putains de risques.

Mes coups de reins se font plus violents et je sais qu'elle adore ça, je le vois à son regard qui s'enflamme un peu plus, à ses mains sur mes bras qui me serrent plus fort et à sa lèvre qu'elle mord pour ne pas crier. J'ai envie qu'elle hurle justement, que tout le club l'entende prendre son pied avec moi.

Je crois que son défilé n'a pas encore quitté mon esprit et si je suis heureux de la retrouver, il y a une certaine contradiction dans ma tête qui prend place.

— Rhymes…, elle chuchote.

C'est ce que Robyn fait quand elle veut que ce soit plus fort. Elle dit mon nom et m'enlace pour qu'on ne fasse plus qu'un.

Mon visage atterrit au creux de son épaule, je lèche sa peau en remontant sur son cou, ses cheveux humides chatouillent mon front, puis je souffle à son oreille.

— T'as fait un strip-tease devant mes frères.

Je ralentis le rythme pour seulement la pénétrer par à-coups. Son cri me fait bander plus fort et Robyn le sent.

— Ça t'a plu ? elle demande le souffle court.

Je redresse la tête pour la regarder. Bordel, cette femme me tue un peu plus à chaque fois. Le temps, les gosses, son boulot, le mien, rien n'enlève la passion entre nous, c'est même pire parce qu'on se connaît par cœur, parce qu'on est plus libre l'un avec l'autre et l'amour qu'on partage est indissociable.

— Bébé…

Son sourire me fait l'embrasser, Robyn ne l'avouera jamais, mais elle aime que je l'appelle comme ça.

— Ça me rend dingue, dis-je entre deux baisers.

— Je le sens.

Elle pousse sur mes épaules pour me plaquer contre le lit et inverser nos positions. Je cède avec plaisir. Elle est nue, sur moi en train de me chevaucher. Je crève de chaud sous mon cuir et mon jean, mais c'est parfait. J'adore la regarder prendre son pied sur ma queue.

Mes mains peuvent aller partout comme ça et je ne m'en prive pas. Son corps passe sous mes paumes et sa peau prend des couleurs là où je ne suis pas tendre.

Robyn accélère le balancement de ses hanches avec son regard planté dans le mien, elle est sacrément excitante comme ça, abandonnée à son plaisir.

Je me redresse et prends sa bouche à nouveau en l'aidant à s'empaler plus fort et plus vite sur mon érection. Elle est trempée et proche de l'orgasme. Je glisse une main entre nous pour toucher son clitoris et quelques secondes après, Robyn jouit en me serrant contre elle, entraînant ma propre jouissance. Je la plaque contre moi en laissant mon sperme jaillir dans son corps et le mien s'apaisera en sachant qu'elle est rentrée.

On reste un moment comme ça, dans les bras l'un de l'autre, à reprendre notre souffle. À savourer nos présences respectives et c'est suffisant.

Robyn finit par s'écarter, puis elle retombe sur le matelas, là où est étalé son peignoir. Je me déshabille et la rejoins.

— Où sont les enfants ?

— Quelque part dans le club, à faire des conneries. Dors, tu les verras plus tard.

— J'aimerais les voir maintenant.

— T'as joué à la shérif durant cinq jours, tu peux jouer à la régulière quelques heures avant de redevenir maman ?

Elle rit, je lève mon bras pour qu'elle vienne s'installer contre moi, sa tête sur mon épaule.

— Je dois pouvoir faire ça.

— Bien. Dors alors, parce que je vais profiter de toi après.

— J'espère bien. Je ne suis pas rentrée pour rien.

J'embrasse son crâne en caressant son bras. Je voudrais lui dire des choses, lui en demander d'autres, mais pour le moment, j'ai juste envie de l'avoir près de moi et de faire comme si tout était normal.

— Rhymes ?

— Hum ?

— Je ne savais pas que t'avais un côté jaloux.

Je me fige un instant parce que ce mot me paraît trop fort.

— C'est pas ça.

— C'est quoi dans ce cas ?

— Je sais pas.

Robyn frotte son visage contre mon torse et je sens parfaitement son sourire. Mes doigts redressent son menton pour croiser son regard et essayer d'interpréter les choses.

— J'ai pas envie de te partager, j'affirme.

— Je sais.

— Alors qu'est-ce qui te plaît là-dedans ?

— Ta réaction.

— Quoi ?

— Ton côté jaloux et…

Elle hausse les épaules, incertaine.

— Fier ? j'enchaîne pour elle.

— Oui. C'était ça, non ?

— C'était carrément ça.

Je mordille le bout de son nez pour faire disparaître ce sourire suffisant qu'elle arbore un peu comme quand un de nos gamins fait un truc impensable et que j'avais sous-estimé leur capacité en matière de connerie.

— J'aime ton corps et une part de moi n'aime pas qu'on sache à quel point t'es sexy, et la seconde aime que les autres le désirent parce que je sais qu'il est à moi. Je sais que c'est contradictoire, mais c'est ce qui me rend dingue, je crois. Tu comprends ?

— Oui, gros macho, je comprends.

— C'est pas macho, c'est…

Je n'en sais rien, c'est Robyn qui me fait ça. C'est parce qu'elle est belle et que dans son uniforme, les autres l'oublient. Pas moi. Mais quand elle montre sa féminité aux autres, quand je vois du désir dans leur regard, j'ai autant envie de les tuer que de leur montrer que c'est moi qui baise cette créature divine.

— Quoi ? elle m'interroge devant mon silence.

— Être amoureux, je suppose.

Je la vois s'attendrir et je lève les yeux au ciel avant de la ramener sur moi.

— Ça ne marche pas avec mes frères, cela dit.

— Ça a très bien marché, je trouve.

— La faute à Raccer. Les autres, ils ne pensent à aucune autre femme que la leur et je le sais avec certitude.

— J'aime bien Raccer…

— Toi, tu veux un second round.

Je la fais basculer sur le dos, elle rit et cette fois, on va prendre notre temps et se retrouver en douceur.

***

Je suis réveillé par un coup de genou dans mon estomac qui me coupe le souffle un instant. J'ouvre les yeux et je pensais faire face à Robyn et son sommeil violent, mais c'est Alaska que je vois rouler en boule entre sa mère et moi.

Je souris, la douleur oubliée surtout quand je remarque le reste de la tribu derrière Robyn. Tarryn et son frère, chacun une main accrochée au peignoir de leur mère.

Des vrais louveteaux.

Je sors du lit, heureusement qu'on s'est un peu rhabillés après le troisième round. J'enfile un jean par-dessus mon caleçon et observe ma famille réunie. Je me frotte le visage, ça fait un bien fou d'avoir tout le monde sous ce toit et surtout en bonne santé. Je crois que je n'avais pas vu Stig et Tarryn dans notre lit depuis des années. Ça me plaît de les voir comme ça, d'oublier un instant que ce sont des ados incompréhensibles simplement pour savourer de trouver notre famille au complet.

Je quitte la chambre, il est encore tôt, à peine huit heures, la moitié du club dort encore et j'ai envie de préparer un super petit déjeuner de super mec et super papa.

Robyn en aura besoin après des jours de beignets rassis et ça fait longtemps que je n'ai rien préparé pour mes enfants.

La cuisine est occupée par un Blood à l'air aussi triste que moi avant que Robyn ne revienne.

Je salue Lochan et son air dépité devant une tasse de café fumante puis je m'attelle à ma tâche.

— Robyn est rentrée ? il demande.

— Ouais.

Lochan me sourit sans grande conviction. Je me retrouve en lui, parce je n'ai pas été des plus joyeux pendant l'absence de Robyn. Hier soir, elle m'a un peu parlé de son boulot, et de ce à quoi elle fait face. Les manifestations et les cons principalement. C'est déjà dur en temps normal, mais avec un effectif réduit, c'est pire. Elle s'inquiète pour ses hommes et pour tous ces gens qui ne prennent pas conscience de la réalité dans laquelle on vit. En plus de tout ça, il y a ceux qui ont tout perdu, leur job et leur revenu, qui ne savent pas comment faire face et les files d'attente à la banque alimentaire ne font que s'allonger.

— T'as des nouvelles de Ireland ? je l'interroge en sortant les poêles.

— Oui, elle va bien de ce qu'elle dit.

— Mais tu ne la crois pas ?

— Non. Pas tant que je ne l'aurais pas vue.

— Je comprends, mais essaye quand même de lui faire confiance.

— C'est pas simple quand je suis mort d'inquiétude.

Je me sers un café et le rejoins à table le temps que le bacon cuise.

— Je sais, mais elle fait attention.

— Des fois, c'est pas suffisant.

— Lochan, si tu pars dans ce genre de délire, tu vas craquer.

— Je sais. Je sais tout ça, putain ! Je sais qu'il faut essayer de rester positif et ne pas penser au pire, mais tu penses à quoi quand ta femme est dans la rue ? Hein ? Tu penses pas au pire peut-être ?

Bien sûr que si, tout le temps. Avant, j'arrivais à vivre avec cette peur qu'elle ne rentre pas le soir, qu'elle soit blessée durant son service, mais depuis le virus, je deviens dingue à tourner en rond et pouvoir seulement penser. Le manque d'activité nous force à nous focaliser sur toutes les possibilités et surtout les pires.

— Non, je mens, je peux pas parce que j'ai trois gosses qui comptent sur moi pour les soutenir et si je craque, ça ne les aidera pas.

Ce n'est pas vraiment un mensonge, devant eux, je fais bonne figure parce que c'est mon rôle de père. Ils n'ont pas besoin de savoir que je suis mort de trouille à l'idée de recevoir un coup de fil qui me ferait définitivement devenir fou.

— Ils sont grands, mais ça reste leur mère et, eux comme moi, on a besoin d'elle. Alors, trouve-toi quelqu'un qui a besoin de toi, Lochan, ta sœur, tes cousines, ton père même, mais arrête de ruminer dans ton coin parce que tu ne vas pas tenir.

Je me lève et retourne à mon bacon, j'espère que tout sera prêt avant que Liam ne débarque attiré par l'odeur.

— C'est aussi simple ? poursuit le Blood en s'allumant une clope.

— Non, mais se focaliser sur les autres souvent, ça permet de rester à flot et après, quand ce sera fini, qu'elle sera là avec toi, tu pourras craquer.

— Je voudrais que ce soit moi. Pas elle. Que ce soit moi qui parte en guerre contre ce virus je… merde, j'en ai marre d'être inutile.

Je devrais le foutre à la peinture avec Sean et même Klax, ça leur ferait un point en commun.

— Ouais, mais c'est elle qui fait médecine.

— Je sais. Et je suis fier d'elle, de tout ce qu'elle fait, mais j'aimerais qu'il n'y ait pas de peur avec et ce serait parfait.

Je n'aurais que des banalités à lui dire, alors je me tais. Je comprends ce qu'il ressent, c'est exactement ce que Robyn m'inspire.

Lochan termine sa clope puis il se lève pour aller se coucher.

— Mon frère, je le retiens, ça va aller. Ireland est forte.

Je frappe son épaule, déçu de ne pas pouvoir faire plus pour l'aider et j'espère que la fille de l'irlandais va bientôt réapparaître au moins pour le rassurer. Lochan s'éclipse, je poursuis ma préparation, puis je mets le tout sur l'énorme plateau qui nous sert quand on mange dans le jardin et je rejoins ma chambre.

Stig est levé, il est assis à mon bureau et ses sourcils se foncent lorsqu'il me voit. Il débarrasse un peu les papiers qui traînent et je pose le plateau dessus.

— Whaou, c'est Noël ?

— Presque.

Je m'assois à mon tour sur l'autre chaise et je regarde les trois femmes de ma vie endormies.

— T'aurais pu nous dire qu'elle était rentrée, me reproche mon fils.

Il tape déjà dans le bacon et le café. Stig est presque un homme maintenant et j'ai encore l'impression qu'il est le petit garçon à qui je devais faire les poches avant de sortir pour éviter les mauvaises surprises. Si je le faisais maintenant, je trouverais une tonne de capotes et sûrement un peu de substances illicites.

— Elle est rentrée.

Stig me tend un regard blasé.

— On passe après le cul, maintenant ?

Son sourire me confirme qu'il n'est pas vraiment vexé.

— Toujours.

— Ça va que t'as fait le petit dej des grands jours, Tarryn n'était pas contente, ça va la détendre.

— Si tu lui en laisses un peu.

Il ne s'arrête pas pour autant et je mange avec lui dans le silence pendant que les autres dorment. Je suis bien ce matin, avoir Robyn avec nous, même 24 h, va nous permettre de recharger les batteries de notre famille.

— Papa ?

— Oui ?

Stig essuie ses mains sur un t-shirt qui traîne sur la chaise, puis il inspire et me regarde gravement.

— Si t'as mis une fille enceinte, je laisserais ta mère te couper les couilles.

— Non, il rit, c'est pas ça.

— Quoi dans ce cas ?

Stig est rarement aussi sérieux et ça commence à m'inquiéter.

— Dis-moi, je le presse.

— J'ai pas mal réfléchi ces derniers temps et l'année étant finie, j'ai pris une décision. Avant que tu gueules, je veux que tu saches que c'est sérieux, que c'est quelque chose que je veux depuis longtemps, seulement il y avait le club et vous aussi et… merde, c'est important pour moi, alors ne t'énerves pas et laisse-moi expliquer les choses.

Il commence mal parce que, quand on prévient quelqu'un de ne pas s'énerver, c'est que justement, il va le faire.

— Vas-y.

— Je vais m'engager dans l'armée.

— Pardon ?

— Je vais m'engager dans l'armée, je veux devenir spécialiste pyrotechnie.

Je crois que je viens de prendre un coup dans la poitrine. Un truc qui s'apparenterait à une balle.

— Tu veux entrer dans l'armée ? je demande pour confirmer que je ne suis pas encore sourd.

— Oui.

Je m'apprête à demander pourquoi, mais je n'en ai pas vraiment besoin. Je connais mon fils, sa passion pour les explosifs, pourtant j'ignorais son envie de se battre pour son pays.

— C'est ce que je veux faire. Pas toute ma vie sûrement, mais dans l'immédiat oui, je veux apprendre ce genre de truc et quand je vois maman, ce qu'elle fait pour la communauté, son engagement, j'ai envie de faire pareil.

— Dans l'armée ?

— Qu'est-ce qu'elle t'a fait cette nuit pour que tu sois aussi dur de la feuille ce matin ?

— Je ne suis pas sourd, je suis surpris.

— Vraiment ?

— Je pensais que tu voulais rejoindre le club ?

— Je le veux. Mais pas tout de suite, pas avant d'avoir vécu ça.

J'inspire et jette un œil aux filles dans le lit. Celle-là, je ne m'y attendais pas et j'aurais aimé que Robyn soit réveillée pour qu'on gère ça ensemble.

— Dis quelque chose.

— Tu veux quoi au juste ? Mon avis ? Mon autorisation ?

Stig hausse les épaules et je plonge mon regard dans le bleu du sien. Je connais assez mon fils pour savoir que quoi que je dise, sa décision est prise.

— Je n'ai pas envie que tu t'engages et qu'on t'envoie je sais pas où servir de chair à canon. Mais je ne vais pas t'en empêcher parce que ça ne servirait à rien, tout comme ça ne servirait à rien de demander à ta mère d'arrêter son job. Si c'est ce que tu veux, si t'es sûr de toi et que ça te rend heureux, Stig, je ferais avec.

J'inspire en passant une main dans les cheveux. Ce gosse m'aura tout fait.

— En fait, je trouve ça super courageux, à ton âge, j'aurais jamais eu les couilles de prendre un tel engagement.

Son sourire me confirme que c'était ça qu'il attendait, que je sois fier de lui. Et je le suis.

J'attire mon gamin dans mes bras. Quoiqu'il décide pour sa vie, je le serais.

— Par contre, je poursuis, je te laisse l'annoncer à ta mère.

Stig se raidit et je me dis que Robyn va être ravie d'apprendre que son bébé deviendra un homme loin de nous.

CHAPITRE 7

𝔑irbana

Je me sens vieux. Pourtant, j'essaie d'être un père à la mode, mais parfois, je suis dépassé par les technologies. Surtout avec toutes les nouveautés que mes gamins me montrent. Dès que je suis à jour, ils ont un nouveau truc qui les passionne. Avoir cinq enfants, et autant de neveux et de nièces, ça nous force à être sur le qui-vive pour ne pas être à la ramasse. On finit toujours par être plus facilement has-been.

Il y a des années, nous étions des super-héros à leurs yeux, maintenant, nous sommes les papas un peu trop chiants qui sont toujours sur leur dos. Même si pour nos filles, nous restons les papas protecteurs adorés, aux yeux de nos fils, nous sommes les vieux qu'il faut mettre à l'épreuve et défier. Il y a des conflits plus fréquents avec nos petits gars. Pour avoir quatre garçons, j'ai de quoi péter les plombs. Même si bientôt, j'ai espoir que nos gamins rejoignent nos rangs en tant que futur Blood Of Silence, et que nos relations redeviennent comme avant, moins conflictuelles. L'adolescence, c'est chiant et franchement, je n'aurais pas cru que ce soit si pénible de gérer des ados boutonneux surexcités.

Nos petits pères sont bizarres depuis des mois. J'ignore pourquoi, Sky me dit que c'est l'âge, qu'ils aiment être entre eux, mais à 17 ans, aucun n'est entré chez les Blood en tant que prospect. Plus depuis Andreas. On s'attendait à ce que Stig, H, Sirius et Falko se battent pour être les premiers à devenir des suiveurs, mais depuis leur entrée au lycée, tout semble être différent. Ils ont fait un essai, puis, ils ont préféré les études ! C'est comme si quelque chose avait changé et qu'on ne s'en rendait compte que maintenant.

Quand est-ce que nos enfants nous échappent et deviennent des mystères pour nous ? On pense les connaître et puis, ils se forgent une véritable personnalité et un beau jour, on a l'impression qu'on doit tout recommencer depuis le début et apprendre à connaître des êtres qu'on a élevés et vu grandir.

Nous sommes proches de nos enfants avec Sky d'habitude, nous les avons éduqués comme des êtres libres de faire leur vie et d'évoluer dans le milieu avec les valeurs que nous leur avons inculquées. J'ai l'impression que ce confinement nous éloigne, et je ne sais pas trop quoi faire pour me rapprocher de mes gamins. Ça fait bientôt deux mois qu'on est cloîtrés ici et même s'il y a des tensions, le terrain du club-house est suffisamment grand pour qu'on ne se marche plus sur les pieds.

La maison me manque, nos habitudes aussi. Nos soirées Netflix dans le salon avec du pop-corn, des films pourris, et nos engueulades puériles sur qui de *Captain America* ou *Iron Man* est le meilleur me manquent.

Putain, ça me déprime.

— Tout va bien ? m'interroge Rhymes.

Je sors de mes pensées en voyant le VP agiter la main devant mes yeux. Je me tourne vers lui, je n'ai pas terminé de rouler mon pétard. Il est minuit, on ne dort pas avec Rhymes et Liam, on squatte le grand salon du club house. Même le sexe nocturne n'occupe plus au bout de presque 60 jours. J'ai envie d'une virée avec Sky, loin d'ici, loin des obligations, loin des gosses, ou tous ensemble ? Maintenant que Falk et Sirius ont leur bécane, on pourrait partir en famille ?

Avant le confinement, ils avaient trouvé à plusieurs reprises une excuse pour ne pas faire de dimanche en famille. Sky m'avait dit de lâcher l'affaire et en père cool, je n'avais pas cherché à savoir pourquoi. Jardin secret, trucs d'ados, je comprends qu'ils n'aient plus envie de passer du temps avec moi, mais depuis le confinement, nous avons eu zéro moment entre Baker, que ce soit, avec Sky et Lyra ou entre mecs.

Y'a un truc qui cloche et c'est seulement maintenant que je le percute.

— Tu as ta tête de mec qui réfléchit trop, souligne l'irlandais en buvant sa bière tout en affichant un air blasé.

Même lui est bizarre, il n'a pas dit une seule vanne en nous rejoignant, Rhymes et moi. Le VP ne pionce pas parce que sa femme est en service, moi, je ne dors pas beaucoup de nature, après cinq gamins, des nuits blanches, et le décalage, on finit par avoir un sommeil totalement bousillé. Mais je suis heureux, on en a toujours plaisanté avec Sky. Cette nuit, elle récupère les nombreuses heures de sommeil qui lui manquent après cinq enfants, et moi, je réfléchis à la vie. Sans pétard opérationnel en plus.

— J'ai l'impression de plus reconnaître mes gosses, je déclare.

Mes frères se marrent.

— Bienvenue au club, soupirent-ils en chœur.

Nous ne sommes pas dans la merde alors.

— Gina dirait « c'est l'adolescence », commente l'irlandais.

— Robyn dirait « c'est normal avec le confinement ».

— Sky me dit que c'est leur jardin secret et qu'ils grandissent, je rétorque.

On se fixe un instant. Est-ce qu'on pense la même chose ?

— Non, ils sont bizarres en ce moment, me confirme Liam.

— Mais oui, je renchéris, les miens sont… trop sages, trop… distants.

— Le mien m'a annoncé qu'il voulait entrer dans l'armée, marmonne Rhymes, je ne l'avais pas vu venir.

— Putain, est-ce que j'ai merdé en étant un père trop cool ? Je ne sais même plus comment les aborder sans être le gros lourd, je déclare.

Rhymes et Liam me jettent un regard amusé.

— Ça fait combien de temps que t'as pas fumé un joint ? se moque Liam, parce que t'es de moins en moins serein et cool. On dirait que t'es en cure de désintox.

Bonne question, je crois qu'avec le sermon de Sky en début de confinement, nous avons tous décidé d'être sages. On a eu droit à un cours sur la vie, le respect des règles, la liberté en temps de pandémie. Oui, on est privés de liberté, mais c'est pour mieux la retrouver, et pour une famille comme nous, où c'était un peu à la carte, c'est dur. N'empêche, en deux mois, nous n'avons eu aucun problème avec les ados. C'est trop étrange.

— Je crois que les garçons nous cachent quelque chose, je renchéris.

— Je suis d'accord, H est bizarre, affirme Liam.

— On dirait les Sherlock du MC, se moque Rhymes, les gars… ce sont des ados.

— Tu l'as dit toi-même, tu n'avais pas vu l'annonce de ton fils ! je renchéris.

Cette piqûre de rappel fait grogner le VP.

— OK, ils sont étranges, confirme-t-il.

— Ils n'ont pas encore posté leurs candidatures pour devenir prospect, je rétorque.

— En même temps, vu comment As en chie en ce moment.

Je savais que c'était une bonne idée de tirer au sort qui des Blood Of Silence allait se coltiner les trucs chiants à faire à la place des prospects partis surveiller Ireland.

Savage a tremblé, et Sean aussi, parce que s'ils s'étaient retrouvés à faire les tâches les plus ingrates, nous en aurions bien abusé. Pauvre mini irlandais qui récure les chiottes comme au bon vieux temps.

— Tu n'as pas tort, je souligne.

— N'empêche, mon fils a un problème, insiste Liam.

— Au moins, vous faites encore des trucs ensemble, je soupire.

— Pourquoi, tu fais rien avec ta tribu ? m'interroge Rhymes.

Je passe une main dans mes cheveux en soupirant. Je fais tomber mon joint au sol, et me retrouve à genoux pour le ramasser.

— Pas vraiment, je marmonne.

Sky et Gina veulent s'occuper de la plupart des tâches principales dans le MC. Elles gèrent les devoirs, les études, le suivi de toutes les autres tâches. Ma femme ressemble à une

PDG. Il faut dire, que driver une grande famille, elle maîtrise, mais du coup… au lieu de nous manager tous les six, elle doit gérer une trentaine de personnes. On se voit peu, il n'y a que dans notre chambre que nous nous retrouvons. Elle me manque.

Mes gosses me manquent.

Ma routine me manque.

Je me répète.

— Qu'est-ce que vous faites pour être avec vos mômes durant ce confinement ? je les questionne.

Parce que d'habitude, je vais faire des virées en bécanes avec les deux aînés, j'accompagne Lyra à son cours de danse, j'assiste aux entraînements de baseball de Thallion, et avec Grim, on chasse les trésors. Ce ne sont que des trucs en extérieur…

— On fait des soirées visio avec Ir, m'apprend Liam. C'est le seul moment où nous sommes entre McGuinness, et même si H fait la gueule et se dispute avec son frère, on est tous ensemble.

— On fait des petits déjs au lit avec Robyn et les gamins dans notre chambre. Stig bouffe tout le bacon, Tarryn râle et Alaska demande quand est-ce qu'on peut recommencer.

Liam explique que Sean et Harley se sont mis au tir au sein du club-house, la jeune Hell's Pussy a convaincu son vieux d'arrêter de cibler les passants. Creed fait de la mécanique avec Salem et Lochan. Parfois même de la boxe.

— Merde, il me faut deux mois pour capter que j'ai rien instauré avec mes gosses, je réalise.

— Nir, mec, t'es tout le temps à l'ouest, me taquine Liam, avec ta famille, vous suivez vos propres règles, y'a pas de pression.

— Sauf qu'on n'a pas vraiment passé un moment tous ensemble, je constate.

Pas de tête-à-tête, on était toujours avec d'autres, jamais au complet, jamais entre nous. Notre intimité, et ce lien particulier que possède notre famille n'apparaît que lorsque les regards indiscrets disparaissent, là, on se laisse aller et nos espoirs et nos rêves avec Sky prennent le pas sur le reste. Notre maison est un peu comme le Burning Man. Chacun est libre, et c'est naturellement qu'on se rassemble, nous n'avons jamais imposé des moments tous ensemble, ils se forment naturellement dans notre maison.

J'admets que Sky et nos habitudes m'aident à être plus attentif. Je suis un père assez spontané. Je propose souvent des trucs au dernier moment. Nous ne sommes pas le genre de famille à avoir des rituels, sauf le dimanche soir. Pour le reste… nous sommes des électrons libres.

— J'ai l'impression de ne pas avoir été si présent pour eux durant le confinement, je murmure.

Quelques cafés avec l'un, des conversations avec l'un, des parties de jeux vidéos avec un autre. Mais pas de tribu.

Ma tribu me manque.

Mes joints aussi. Je n'ai pas l'habitude d'être si… nostalgique, je suis en train de vivre un gros bad trip sans rien pour l'avoir causé si ce n'est ce putain de confinement qui rend dingue n'importe qui.

J'ai une vision désagréable de ce que me donne l'avenir quand les aînés partiront et que ma tribu ne sera plus au complet.

Putain, il faut vraiment que je me fume un joint.

Je reprends la confection de ce dernier, le cœur serré. Je ne sais pas si d'habitude, je suis trop heureux pour avoir peur de demain, ou si je suis trop défoncé pour me rendre compte des choses. Peut-être un peu des deux ? Il faut dire que ce confinement nous pousse à réfléchir en ayant davantage les pieds sur terre que d'ordinaire, même pour un mec comme moi.

J'ai plus été derrière Sky pour l'aider à éviter qu'elle pète les plombs, plutôt que derrière le dos de nos enfants. Nous n'avons jamais été ainsi. J'aurai dû ?

— Allume ton pétard, et arrête de te torturer, me conseille mon VP, et putain, fais tourner.

Liam acquiesce, je termine de rouler le joint avant de l'allumer. Je tire une taffe et passe le roulé à l'irlandais puis à Rhymes. Même ça, ça doit remonter à des années qu'on n'a pas passé une heure à parler comme les grands hommes en se fumant des joints.

— On se fait vieux et putain, j'ai pas envie de ça, je déclare. Je devrais peut-être convaincre Sky de refaire un ou deux petits Baker ?

Les deux Blood secouent la tête en riant.

— Elle va te tuer si tu l'as mets enceinte une nouvelle fois, lâche Liam.

Je tire une taffe en acquiesçant, les deux dernières grossesses, j'ai dormi sur le canapé durant deux semaines, elle était heureuse, mais furieuse. Et moi j'adorais la voir enceinte, c'était une des plus belles preuves de notre amour. Et putain, elle était tellement bandante.

Je vais avoir la gaule rien que d'y penser. J'ai bien envie de retourner m'entraîner.

— Rectification, grogne Rhymes, c'est nous qui allons te tuer si tu peuples la Géorgie de davantage de Baker. Et arrête de nous voir dans la tombe !

— L'irlandais a cinq mômes aussi ! je lâche.

Je fais tourner le bédot à Liam qui l'accepte, il s'étouffe à moitié en tirant, pas habitué, puis c'est au tour du VP de fumer. On se croirait revenu y'a plus de vingt ans, au début des Blood. Quand y'avait pas de gamins, pas de femmes, juste les filles du club de strip, le sexe à outrance, l'absence de responsabilités et cette soif de liberté et de danger.

Je ne regrette pas cette époque, nous en avons bien profité, mais quelques petits rappels de temps en temps, ça ne fait pas de mal.

— J'ai des jumeaux, ça ne compte pas, affirme Liam, et je t'interdis de dire qu'on est vieux, je bande toujours comme un dieu, Gina ne s'en plaint pas. Tant que ma queue se lèvera d'un claquement de doigts, je ne serai jamais vieux, qu'importe mon âge sur ma carte d'identité.

— J'approuve l'irlandais.

Rhymes me fait signe.

— L'absence de joints te réussit pas mon frère, t'es trop sérieux. Et on préfère le Nir qu'on connaît, que le Nir déprimé.

Je récupère mon roulé en riant, ils ont raison. Même si je consomme radicalement moins depuis que je suis père, c'est préférable de me voir planer légèrement que d'être dans le brouillard. Je ne supporte pas la pression de la vie, je merde souvent, mieux vaut que mon cerveau soit un peu sous le charme des substances naturelles.

— Tu peux toujours proposer une partie de Monopoly à tes gamins, me suggère Liam. Y'a moyen de privatiser quelques heures l'arrière du club house, si t'as envie d'être tranquille.

Bonne idée !

— Je crois que j'ai une idée plutôt.

J'attrape mon portable pour aller sur Google. Je me promets d'effacer mon historique, parce que si mes gamins tombent sur ma recherche, ils vont se foutre de ma gueule. Et je suis plutôt fier de moi lorsque je trouve quelques idées après avoir tapé « trucs à la mode pour les ados ».

À nous la super soirée entre Baker.

***

Deux jours plus tard.

— Les Baker, vous bougez vos fesses, on s'arrache ! j'annonce.

Mes cinq têtes brunes se tournent vers moi, j'interromps leur partie de jeu vidéo sur trois écrans. Il y a tellement de manettes que je ne comprends même pas qui est qui à Mario Kart. Mon interruption ne semble pas les déranger. Ils saluent leurs collègues et me suivent sans discuter. Au moins, certaines choses ne changent pas. Je me rappelle quand ils étaient petits, on faisait la file indienne, comme les Daltons. Nous avons de super photos à la maison d'ailleurs.

Avoir cinq gamins en six ans, il faut une certaine organisation. Sky est une sainte pour ça. Elle l'a été aussi quand je suis venu la réveiller en lui demandant son avis pour mon projet et si elle pouvait m'aider pour nous retrouver tous les sept.

— On ne peut pas sortir, me rappelle Falko en me suivant.

J'attire mon fils aîné près de moi, mon bras entoure ses épaules, il tente d'échapper à ma prise, mais il sourit lorsque je passe la main dans ses cheveux désormais courts. Lui et Sirius sont passés aux ciseaux y'a cinq ans déjà, j'ai dû consoler leur mère pendant des jours.

— Je ne désobéis pas, vous allez voir.

— Tu m'intrigues ! m'encourage Lyra.

— On va manger ? m'interroge Grim.

Thallion et Sirious sont en train de prendre des paris sur mon plan, nous arrivons derrière, dans la cour du MC où nous faisons souvent des barbecues et des soirées feux de camp. On a passé la journée avec Sky à décorer l'endroit, c'est une salle de cinéma en plein air et surtout… j'ai eu une idée un peu amusante.

— Ha, vous êtes là ! s'exclame Sky en terminant de poser les seaux à pop-corn.

Nos gamins nous fixent, surpris. Je rejoins ma femme et l'embrasse, nous sommes surexcités, pires que les gosses à l'idée d'une soirée en tête à tête tous ensemble.

Lyra sourit, ses yeux se mettent à briller.

— Oh, vous nous avez organisé une soirée en famille ? s'exclame-t-elle.

On a sorti des canapés, une table basse, des couvertures, et le projecteur de la chambre de Lyra. Sky a étendu un drap sur une des cages de football pour faire l'écran et nous avons sélectionné quelques titres de films via Netflix qui seront soumis aux votes s'ils sont d'accord.

— Exactement, ma puce, et c'est votre père qui a eu l'idée.

Sky glisse un bras autour de ma taille, elle se blottit contre moi, tout sourire, j'embrasse à nouveau le haut de son crâne. Falko croise les bras en nous observant, méfiant, mais amusé.

— Mon sixième sens de Baker me dit que ça ne peut pas être qu'une soirée de cinéma, c'est trop soft pour nous.

— Effectivement, mon fils.

Je sors mon portable et le bidouille en expliquant. On s'est bien marré avec Sky pour faire marcher cette application. OK, on gère Facebook, on était là au début, mais après il y a eu

Instagram, Twitter et toutes ces plateformes très étranges et incompréhensibles. Snapchat a été le pompon.

— J'ai réfléchi à ce qu'on pourrait faire en famille durant ce confinement, un truc cool, un truc qui nous ressemble et Google m'a filé l'idée.

Je fais une capture d'écran et je leur envoie la photo sur leurs portables, ils vibrent tous et découvrent le profil FamilyBaker.

Un rire les gagne, mes fils sifflent.

— Putain, papa ! me félicite Sirius, t'es à la mode !

— C'est la photo de Noël de cette année en photo de profil ? demande Thallion, choqué.

Il faut dire qu'on a l'habitude de faire des photos assez étranges chaque année, il y a comme une sorte de concurrence entre les McGuinness et les Baker sur la photo de famille la plus drôle. Cette année, nous étions tous déguisés en aliment. Et Liam n'a pas arrêté de rire du bagel et du concombre. J'étais le bagel et Sky le concombre.

— Seigneur, rit Lyra, Papa… tu… as ouvert un vrai compte TikTok ?

J'acquiesce.

— Google disait que TikTok était le truc à la mode en ce moment pour les jeunes et que c'était assez marrant. Du coup, ce soir, si vous êtes partant, on va réaliser quelques challenges du site, je déclare.

— Je suis pour ! vote Lyra.

— On est obligé ? demande Falko.

— Oui, affirme sa mère en lui faisant les gros yeux.

— Moi je dis qu'il va falloir lancer le défi aux McGuinness, renchérit Sirius, je suis pour voir oncle Liam et oncle Savage réaliser le challenge cartoon.

Ses frères rient, je ne comprends pas ce qu'il y a de drôle, mais ça à l'air d'être un truc amusant. Grim joue sur son téléphone et nous recevons une capture d'écran.

La liste des 15 meilleurs challenges sur TikTok.

— Merci, mon fils.

Apparemment, mes gamins sont à la page concernant ce réseau social. On termine tous assis autour des canapés, à faire des recherches sur les challenges à éxecuter.

— Je vote pour le plank Challenge, intervient Sirius.

— J'aime bien le Qui est le plus, propose Sky.

— Il faut absolument qu'on fasse le Teddy Challenge, rit Falko.

— Oh et le pillow challenge !

— Et le danse challenge sur Laxed Siren, la chorée ne sera pas trop dure pour vous, les garçons, plaisante Sky.

Ma femme se fait chambrer par nos enfants. Ils finissent par nous montrer leur profil perso sur TikTok et on découvre qu'ils se sont tous bien amusés entre eux durant le confinement. On passe une bonne heure avec Sky à mater leurs vidéos en se marrant, puis on sélectionne les meilleures chorées et Lyra nous sert de coach. On réalise le challenge de la corvée poubelle en travesti, le Gun hot challenge, ainsi que Emoji Challenge et le Oh nanana challenge.

Deux heures plus tard, on termine avec cinq vidéos postées, un challenge pour les McGuinness que Liam et As vont réaliser par esprit de compétition.

Le film passe sur notre grand écran improvisé, j'ai ma femme dans mes bras, ma fille vautrée sur le sol, et mes garçons qui se battent pour les deux autres canapés.

— Je suis heureuse que tu aies pris cette initiative, mon chéri, me félicite Sky en embrassant ma joue.

Moi aussi, et si nous ne sommes pas habitués aux contraintes, je crois qu'une soirée cinéma TitTok une fois par semaine jusqu'à la fin de confinement pourrait nous faire du bien.

Le monde n'a plus qu'à rejoindre la FamilyBaker sur le réseau social ! Et j'espère qu'après le confinement, nous continuerons d'alimenter ce journal numérique où nous pouvons laisser libre cours à nos envies.

CHAPITRE 8

𝔏𝔬𝔠𝔥𝔞𝔫

Je fais les cent pas en fumant dans la cour du club. J'attends que les McGuiness en terminent avec leur fille pour prendre leur place. Comme moi, elle leur manque. Les appels visio ne comblent pas le vide de son absence. C'est juste un substitut, quelque chose qui permet de tenir, mais qui n'a pas la saveur de la drogue.

Je suis impatient et tout mon corps me le fait sentir. Il est tendu et extrêmement nerveux. J'attends ce moment depuis huit jours maintenant et ça ne durera que quelques minutes, peut-être une heure, ensuite elle repartira à l'hôpital. Le clan irlandais revient vers le club, ils sourient tous et ça me rassure.

— Elle est tout à toi, me lance Andreas accompagné d'un clin d'œil.

Je n'attends pas davantage et je gagne le portail à mon tour. Non, elle n'est pas tout à moi justement, Ireland est dévouée à son travail et pour le moment, c'est le plus important.

Je vois la future docteure derrière les barreaux, elle aussi fait les cent pas. Je vais jusqu'au boîtier pour ouvrir la grille et mieux la voir.

— Ne fait pas ça, dit-elle.

— Pourquoi ?

— Je ne suis pas sûre de résister s'il n'y a pas de barrière entre nous.

L'intensité dans son regard me donne envie de ne pas répondre à sa requête, l'avoir dans mes bras juste quelques secondes me fait terriblement envie, mais je sais qu'elle s'en voudrait et moi aussi probablement.

Je me ravise et m'éloigne du boîtier pour ne pas être tenté. Je fume en l'observant. Elle est crevée comme je m'en doutais.

— Est-ce que ça va ? Vraiment.

Ireland inspire, elle plante ses mains dans les poches de son jean et regarde partout sauf dans ma direction.

— Ir ?

— Je… je ne sais pas, Lochan.

Je préfère ça à un mensonge.

— Dis-moi.

Je m'assois sur la route, bien décidé à rester un moment avec elle, à prendre tout le temps qu'on peut, même si c'est derrière une barrière. Elle m'imite de son côté.

— C'est difficile, poursuit l'Irlandaise, quand je suis dans le feu de l'action, je n'ai pas le temps de penser, mais là, après avoir vu mes parents, en te voyant, j'ai l'impression que tout remonte et je ne veux pas craquer, mais…

— Tu peux, ici, avec nous, t'as le droit *Mio Sole*.

Ireland inspire longuement plusieurs fois comme pour chasser les mauvais souvenirs, ses yeux se ferment un moment et j'aimerais être immunisé contre ce virus, avoir un super pouvoir qui me protégerait de toutes les maladies du monde pour pouvoir la toucher et la réconforter. Je ne peux pas, ma seule aptitude, c'est de rester derrière ce portail et lui dire sans paroles que je suis avec elle.

Lorsque l'Irlandaise ouvre les yeux, un petit sourire se dessine sur ses lèvres pendant qu'elle me dévisage.

— Distrais-moi.

— J'ai envie de toi, je lâche sans réfléchir.

Ireland se mord la lèvre en rougissant. Le désir s'installe entre nous et je crois que chacun se fait des films sur nos retrouvailles. Quand il n'y aura plus rien entre nous, seulement l'envie. Je compte profiter d'elle des jours durant. Je sors une autre cigarette que j'allume dans la foulée alors que le silence devient plus pesant.

— Comment ça se passe là-dedans ? Tu n'as pas encore égorgé mon frère, c'est un bon début.

Non, effectivement et heureusement qu'Andreas est là, il sait me divertir.

— Bien dans l'ensemble. Les gamins sont plutôt compréhensifs sur la situation, je ne les entends pas râler. Finalement, c'est pour les adultes que c'est plus compliqué.

— Ton père ?

— Oui, je ris, on dirait un lion en cage.

Il est plus nerveux que d'habitude et la moindre contrariété pourrait lui faire péter un plomb. Il prend énormément sur lui et je suis content qu'il soit là. Lui, ma mère et Salem, on se retrouve en quelque sorte.

— Et toi ? me demande Ireland.

— Moi ?

— Oui, comment tu gères ? Tu ne me dis jamais rien au final. Quand on s'appelle, j'ai l'impression qu'il n'y a que moi qui parle.

— Parce que toi, tu es au front et moi, planqué.

— Lochan…

— Je vais bien. Je suis à la maison avec ma famille, tout va bien.

Elle me dévisage de cette façon qui me fait craquer habituellement, celle qui me fait lâcher tout ce que j'ai sur le cœur. Mais pas cette fois, elle n'a pas besoin d'inquiétude supplémentaire.

Je fume en essayant de tenir son regard sans flancher et Ireland semble s'en contenter.

— Qu'est-ce qu'on fera après ?

— Quoi ?

— Quand ce sera fini, quand on aura trouvé un vaccin ou un traitement, qu'est-ce qu'on fera ? J'ai envie de parler d'avenir avec toi, j'ai l'impression qu'il n'existe plus et faire des projets me permet de croire que ce ne sera pas toujours comme ça. Que demain, notre vie redeviendra normale. Alors, dis-moi ce qu'on fera.

Elle a raison, comme toujours. On ne voit pas plus loin que le jour d'après et peut-être que c'est ce qu'il nous faut à tous. La perspective d'un avenir meilleur.

— On retournera en Irlande.

— Oui.

— Pour se marier.

Ireland me fixe en rougissant de plus belle. Bordel ce que j'ai envie de l'embrasser.

— Lochan, est-ce qu'on pourra ?

— Je ne sais pas, mais on le fera. On demandera à Savage de nous marier s'il le faut. Je veux que tu deviennes ma femme dans ce pays que tu adores.

— S'il n'y avait pas de barrières, je me serai jetée sur toi, tu sais.

— Oui, je sais et j'aurais fait la même chose.

— Qu'est-ce qu'on fera d'autre ?

— Un road-trip sur ma moto. Toi, moi, le bitume et la liberté.

— J'adore ce programme.

Elle a un air rêveur que j'adore. Un qui me dit qu'elle et moi, c'est bien réel et que n'importe quel projet est réalisable.

— On ira au cinéma, voir un navet, pour que je puisse te peloter dans le noir.

— Et moi aussi.

— *Mio Sole...*

Ma voix tendue la fait rire et je peux bien bander à en avoir mal si ça lui permet durant quelques minutes de penser à autre chose qu'à l'hôpital.

— Tu sais ce que j'aimerais qu'on fasse à ma prochaine pause ?

— Quoi ?

— Du sexe en visio.

— Je suis partant.

Plus que partant même, j'ai tellement envie d'elle et l'idée de la voir se caresser à travers un écran ne va pas me calmer de sitôt.

Bon Dieu, il va falloir que je prenne quelques minutes avant de regagner le club.

Ireland semble mieux se maîtriser que moi, elle continue de jouer avec mes nerfs durant notre conversation. On parle de tout, mais rien n'arrive à m'enlever cette image de la tête. Son corps nu sur l'écran de ma tablette et sa main entre ses cuisses.

Les minutes passent, je crois qu'Ireland n'est pas dupe, elle sait que je ne suis plus vraiment là, mais parti dans ce fantasme qu'elle a créé.

L'Irlandaise finit par se lever lorsqu'il est temps pour elle de partir. Je l'imite et m'approche de la grille.

— Fais attention à toi.

— Ne t'inquiète pas, je suis toujours prudente.

Oui, elle l'est, mais pas les autres.

— Je t'appelle ce soir dès que j'ai un moment.

J'acquiesce, puis le silence nous entoure et la distance se ressent. Normalement, je l'aurais embrassée en lui souhaitant une bonne journée.

— Je t'aime.

Ireland fait un pas dans ma direction avant de se raviser.

— Moi aussi.

Je recule et fais demi-tour parce que ce sera plus simple pour elle si c'est moi qui m'éloigne. Elle n'aura pas cette impression de nous abandonner.

Je retourne au club, j'entends sa voiture démarrer et je reste un moment sur les marches de l'entrée.

La porte s'ouvre dans mon dos, Andreas sort et me rejoint. J'allume une clope, un souvenir d'une situation similaire me revient.

— Mais t'es con ou quoi ?! On ne sait rien de ce mec !

Je m'énerve et mon meilleur ami ne semble pas comprendre la raison.

— J'ai confiance en elle, contrairement à toi !

— C'est pas une raison !

Je donne un coup de pied dans un des fauteuils du club et je sors en claquant la porte.

J'allume une clope en faisant les cent pas sous le porche du MC, j'ai la rage.

Ireland a un rencard ! Et personne ne cherche à savoir avec qui ! C'est n'importe quoi !

Je jette un œil à ma montre, il n'est pas loin de minuit, elle ne devrait pas tarder. Je l'espère sinon, ça veut dire que ce petit rendez-vous va aller plus loin qu'un simple resto.

Je ne veux pas qu'elle passe la nuit avec un autre mec. Putain, je ne veux même pas qu'elle ait des rencards avec un autre que moi !

Ça me rend dingue de la savoir quelque part dans la ville avec cet inconnu, qu'il ait la chance de la découvrir, de l'écouter et de profiter d'une soirée avec l'Irlandaise. Tout ce que je n'aurais jamais.

Je fume clope sur clope en me dissuadant de prendre ma moto pour parcourir la ville et essayer de la trouver. Je deviens fou depuis qu'elle est rentrée pour les vacances. Je ne m'attendais pas à ce que sa présence soit si forte. Je pensais avoir dépassé ce stade, je pensais qu'elle serait comme une belle cicatrice, mais c'est une plaie profonde et bien ouverte.

J'entends le bruit d'une moto, une que je ne connais pas et je vois un véhicule entrer sur le parking du MC.

Je reste contre le mur, dans le noir, pendant que la moto se gare sur le côté.

Ireland en descend, elle ôte son casque et le donne à son... mec ? Je ne sais pas vraiment ce qui se passe entre eux, je n'ai pas pris le temps de demander des explications à Andreas, j'ai juste gueulé.

Le gars enlève son casque à son tour, mais il reste sur son engin. Objectivement, il a un beau Roadster, subjectivement, c'est de la merde, tout comme lui.

Ireland lui sourit, elle dégage ses cheveux derrière son oreille et prend cet air qu'elle a déjà eu avec moi. Mon cœur bat plus fort alors que je vois la main du mec se poser sur sa taille. Il se penche et si je ne fais rien, il va l'embrasser.

Je siffle et les fais sursauter tous les deux. Leurs têtes se tournent dans ma direction, mais je suis dans le noir, ils ne peuvent pas me voir.

J'avance jusqu'aux marches, la lumière du porche jaillit et Ireland soupire.

— Ton frère te cherche ! je lâche pour justifier mon interruption.

La jolie blonde dit quelques mots à son rendez-vous, trop bas pour que je perçoive quoique que ce soit, puis il disparaît et je suis soulagé.

Ireland me rejoint, en colère. Elle se plante devant moi en me fusillant du regard. Je fume en observant chaque partie d'elle. Son visage rouge d'agacement, ses longs cheveux blonds lâchés dans son dos, sa poitrine qui se lève trop rapidement et ses jambes nues sous sa jupe.

— *T'es content de toi ?*

J'essaye de ne pas sourire, de ne pas passer un peu plus pour un enfoiré, mais oui, je suis content. Il ne l'a pas touchée.

— *T'as pas le droit de faire ça ! elle poursuit.*

Elle a raison, une fois de plus, je devrais la laisser vivre sa vie et essayer de trouver quelqu'un de bien, de mieux que moi, capable de l'aimer comme elle le mérite. Mais mon cœur lui n'est pas d'accord. Il se souvient qu'il y a quelques mois, elle était dans mon lit et c'est avec moi qu'Ireland a découvert ce que voulait dire faire l'amour. En fait, on l'a découvert ensemble parce qu'avant elle, je n'ai jamais éprouvé ce sentiment.

Je ne réfléchis pas vraiment, je crois que les émotions dépassent tout ce soir et tant pis pour le reste.

Je balance ma clope et m'approche d'elle. Ireland semble surprise lorsque je ceinture sa taille pour la ramener contre moi.

J'adore cette sensation, son corps souple et tendre dans mes bras, son odeur et ses cheveux qui viennent chatouiller mes bras.

— *Qu'est-ce que tu fais ? elle murmure.*

Je la fais reculer contre le mur, Ireland expire violemment en s'accrochant à mes bras. Son regard me rend un peu plus fou, c'est comme si ses yeux me disaient « arrête » et « continue » en même temps.

On fait des choses en sachant qu'elles n'auront jamais de lendemain, que c'est impossible et chaque fois, ça fait un peu plus mal que la dernière fois.

— *Tu veux qu'on t'embrasse ? je l'interroge.*

Son corps s'agite, créant une friction entre nous qui continue de me pousser dans mon délire. Celui où Ireland est à moi.

— *Oui, dit-elle.*

Ma main passe sous son haut, dans son dos, j'ai envie de sentir sa peau. Elle frissonne et je saisis sa cuisse nue pour la remonter sur ma taille et me nicher entre. Mon visage part à la découverte de son cou, Ireland gémit et je presse mon érection entre ses jambes. Seuls mon jean et sa culotte nous séparent, rien que deux bouts de tissus et pourtant il y a tellement plus d'obstacles.

Je lèche sa mâchoire pour rejoindre ses lèvres. Elles m'attendent, comme j'attends cette fille depuis des années. Je sais que je joue avec le feu, que je vais regretter à la minute où ce sera fini, mais je l'ai eue une fois et son souvenir me hante plus que tout. J'ai goûté l'enfer et j'ai envie d'y replonger ce soir, de nous faire tomber encore une fois et tant pis pour après.

Je frôle ses lèvres, Ireland se raidit et bon Dieu qu'elle est belle comme ça.

Je m'apprête à lâcher totalement prise lorsque la porte s'ouvre. J'ai à peine le temps de reculer, Andreas fait son apparition.

Merde.

Je bande et je suis sous la lumière. Sa sœur est toujours contre le mur, l'envie encore présente sur ses traits.

J'allume une clope et m'assois sur les marches. L'irlandais ne dit rien et ça m'inquiète de le voir silencieux.

— Il l'a fait fuir ? il finit par demander.

— Hein ? rétorque sa jumelle.

— Notre cousin a fait fuir ton mec ?

— Ne m'appelle pas comme ça !

Être son cousin à lui ne me dérange pas, être celui d'Ireland me rend dingue.

— Faut te détendre, elle est en vie.

— Ouais, je grogne.

Il rit et je l'entends embrasser sa sœur dans mon dos.

— Désolée pour toi, sœurette.

— T'en fais pas, il y en a d'autres.

Je sens la colère dans ses paroles, sans même la voir. Je sais aussi que ces mots ne sont pas anodins. Ils sont pour moi.

Ireland rentre dans le MC. Andreas vient s'asseoir à mes côtés.

— *Tu sais qu'elle n'est pas stupide, qu'elle ne sortira jamais avec un con.*

Je suis tenté de rire parce que justement, je suis un con. Un con qui joue avec ce qu'il a de plus précieux et qui est incapable de la laisser partir.

— *Je sais.*

— *Alors, détends-toi et viens m'aider à foutre sa raclée à Savage à la console.*

Andreas frappe mon épaule puis il se lève et attend que je fasse de même. Je prends le temps de finir ma clope pour calmer mon corps et mon cœur. Il patiente et je me fais le serment d'arrêter de bousiller la vie de sa jumelle, de ne plus interférer sauf si elle me le demande. Ce que Ireland ne fera jamais, j'en ai la certitude.

— À quoi tu penses ? me demande mon meilleur pote.

— Un truc qui s'est passé il y a des années. Tu te souviens quand Ireland était rentrée pour les vacances de printemps quand elle était en première année de médecine à YALE ?

— Ouais, et ?

— Elle est sortie avec un mec pendant son séjour.

Andreas se met à rire.

— Je me souviens, t'étais en colère que je l'ai laisser faire. Comme si j'avais quelque chose à dire sur qui fréquente ma sœur.

— Oui.

— Je vois pourquoi maintenant.

— Ce soir-là, quand tu nous as rejoints ici, j'allais l'embrasser.

Andreas me fixe étrangement presque avec amusement.

— C'était ça, l'étrange ambiance entre vous. À l'époque, je pensais que t'avais joué au con avec elle.

— C'est le cas, mon frère. Mais si t'étais arrivé dix secondes plus tard, tu nous aurais vus. Comment tu l'aurais pris ?

— Exactement pareil que lorsque je t'ai vu dans le lit de ma sœur à Vegas.

— Mal, alors.

Je touche mon nez par réflexe, il se souvient encore de l'impact de son poing.

— Oui, au début, et Ireland m'aurait convaincu.

— Elle est douée pour ça.

— Ma jumelle sait ce qu'elle veut.

Oui et heureusement pour nous qu'elle a cette force et ce caractère de battante, sinon on en serait encore à se détester pour ne pas montrer qu'on s'aime.

— On a de la chance, je poursuis, d'avoir ces femmes dans nos vies.

Andreas passe son bras autour de mes épaules et frappe son front contre le mien.

— On est de sacrés veinards, mais ça va se payer dans une autre vie. En attendant, mec, le plus chanceux, c'est moi. Ma chatte est là, et je ne sais pas si c'est le confinement, le stress ou moi, mais on ne fait que baiser.

Je ris en me dégageant. Je me lève pour aller écraser ma clope dans le cendrier.

— Qui te dit que je n'en fais pas autant ?

— Le fait qu'elle ne soit pas là peut-être.

— La technologie fait des merveilles.

Je lui lance un clin d'œil et je vois son visage se décomposer.

— Mec, dis pas ça, on se fait des appels visio en famille, j'ai pas envie de penser à ça, la prochaine fois que je la verrais.

— Mais j'ai rien dit moi.

As se lève d'un bond pour me sauter dessus et comme quand on était gamins, on se retrouve à se courir après dans le club.

Avoir vu Ireland, être avec mon meilleur pote et savoir ma famille en sécurité me permet de relâcher un peu la pression et de profiter des bons côtés de ce confinement. Comme avoir de nouveau dix ans ou encore profiter des joies des appels vidéos avec la femme de ma vie.

CHAPITRE 9

Racer

Nous vivons tous avec des étiquettes. Certains en collectionnent plus, tandis que d'autres tentent d'en avoir le moins possible.

Je n'aime pas les étiquettes pourtant, on m'en colle.

Je suis un homme, un biker, un ami, un frère, un déconneur, un excellent tireur, un être loyal, un végétarien nouvelle génération, et on me vanne souvent parce que je suis en retrait, très discret, comme une ombre. Il y a quelques années, on aurait pu dire que j'étais une pièce rapportée, désormais, j'ai fièrement obtenu mes couleurs et je mérite ma place autour de la table des Blood Of Silence.

Je suis entouré de familles depuis deux mois déjà. Ce confinement m'a rendu mélancolique et, à la fois, il a confirmé toutes ces choses que je sais sur moi-même depuis des années : je ne suis pas comme les autres. Et ça me convient. J'aime la famille que nous nous sommes créée ici, au cœur de ce MC. J'aime mes frères, leurs gamins, leurs régulières, mais je ne les envie pas.

Avoir des gosses, c'est atroce.

Avoir une régulière et devoir assumer certaines… responsabilités, c'est trop pour moi.

Je ne pourrais pas être à la hauteur. Autant je maîtrise avec un gun, mais avec les femmes. Elles sont un mystère pour moi, et si je prends plaisir à les déchiffrer et à les décortiquer pour les comprendre, je ne désire pas en avoir une à moi.

Pourquoi ? Hé bien, je n'aime pas le sexe. C'est répétitif, ennuyant, sans surprise et on s'en lasse vite. Il y a trop de pression sur nos épaules, nous les hommes, et bon sang, on se fait chier. J'ai passé plus de trente ans de ma vie à expérimenter la chose sous toutes ses coutures. J'ai testé tout le Kâmasûtra et toutes les pratiques, même les plus trashs, pas d'effets. Je ne dis pas que la jouissance n'est pas plaisante, ça aide à se détendre ou dormir, mais j'ai du mal à comprendre qu'on puisse être accro comme certains membres du MC. Il y a tellement de choses plus intéressantes à faire que de perdre une heure de son temps, à poil, à baiser pour un putain d'orgasme qui réclame une demi-heure d'effort pour dix secondes de plaisir.

Sérieux, quelle perte de temps quand on ne cherche pas à se reproduire. Je préfère nettement me consacrer à des choses plus pertinentes. Des choses qui m'intéressent réellement, même si j'admets qu'étudier le sexe, c'est quelque chose de passionnant dans le sens où il y a tellement de clés et de codes qu'on peut lire une tonne de bouquins sur le sujet et en apprendre encore.

Ce qui me plaît, c'est le mécanisme et la symbolique.

Je n'aime pas le sexe, mais j'aime bien les gens, même si je n'apprécie pas vraiment d'être avec quelqu'un.

Je cumule.

Je suis un homme, un biker, un ami, un frère, un déconneur, un excellent tireur, un être loyal, mais je suis également asexuel et aromantique.

Le cul et les sentiments, ce n'est pas pour moi. Et si l'un peut être logique dans notre milieu, l'autre reste un mystère. Mais qu'importe, ça me convient. Je suis tellement discret au sein du MC que personne ne se doute de mon « secret ». Je suis certain que mes frères pensent que je suis un coureur de jupons qui enchaîne les plans cul avec les nanas du club de strip. Je mentirais en disant que je n'aime pas me rincer l'œil et que je ne sais pas apprécier une belle femme devant moi. Mais c'est éphémère et ça ne dure jamais. J'ai essayé pourtant, mais les sentiments, le sexe, tout ce qu'il faut pour réaliser le cocktail d'une relation réussie, chez moi, c'est le néant.

Néanmoins, je cultive cette fausse réputation de don Juan discret, elle me sert bien. Être dans la friendzone des régulières de mes frères et de certaines filles du club de strip ou bien même des Hell's Pussy m'apprends énormément de choses sur le genre humain et les femmes.

C'est passionnant, d'écouter comment les relations fonctionnent, de les analyser et d'en tirer le meilleur pour ensuite pouvoir conseiller. Ma chambre au MC est remplie de bouquins sur le développement personnel, les trucs psychologiques et tous les livres qu'on retrouve dans le rayon bien-être et santé en librairie.

Depuis cinq ans, j'utilise ma bienveillance pour aider d'autres personnes que ma famille. Je suis célèbre. Enfin, c'est tout comme. Je n'arrive pas aux chevilles des neuneus de la télé-réalité, mais mon compte Instagram a plus de 45 000 followers.

Si chez les Blood, on me connaît sous le nom de Raccer, sur le Net, je suis DocBike. Tout le monde sait que je suis un biker, mais je ne montre ni mes tatouages ni ma gueule, aucune info pour me relier aux Blood ou à moi. Ça m'occupe, puisque je n'ai pas de femme, pas de gosse. Tous les jours, je poste sur mon blog et sur mon profil des conseils sexo, de body positif, de santé, des mantras ou des astuces. Je suis divers et varié, je m'inspire même des anecdotes que je vis au quotidien, lorsqu'on vient me voir derrière le bar ou quand je répare ma bécane. Comme Nirvana, on doit me prendre pour une sorte de psy plus disponible que le barbu hippie.

Je garde de bons souvenirs avec les petits jeunes, futurs héritiers des empires construits par leurs parents. Ils viennent me demander des choses étranges. Andreas est venu il y a quelques années pour me parler de ses problèmes, il pensait avoir chopé une MST. Lochan est celui qui m'amuse le plus, il s'assied à côté de moi, me propose une clope et m'observe en silence. Je fais de même et pendant plusieurs minutes, nous avons une conversation muette avec quelques regards. Il ne dit rien, je ne lui pose pas de questions, il fait son cheminement intérieur, mais peut-être que mon aura rassurante l'aide à trouver ses réponses. Il me remercie souvent pour mon « écoute ».

Harley, elle, me demande toujours mon avis sur les choix qu'elle hésite à prendre. Avec Ireland, on a des conversations très pointues, souvent on aborde des thèmes comme le transgénérationnel, les accords toltèques ou les théories du comportement.

Avec mes frères, on peut parler de tout, de leurs femmes, de leurs problèmes de couple, des enfants, parfois même des idées qu'ils ont, voire de la vie en général. Nir se tape un bad trip, Creed va péter les plombs et on a dû planquer à nouveau les fusils paintball parce que Sean a recommencé à tirer dans le tas.

Aujourd'hui, c'est Salem qui a franchi les portes du garage. Si pendant la quarantaine, beaucoup ont pris de nouvelles habitudes, de mon côté, j'ai décidé de customiser entièrement ma bécane et de changer des pièces, je prends le temps de bien faire les choses. C'est important de s'occuper l'esprit et de faire ce qu'on remet toujours à demain.

Salem a seize ans maintenant, elle ressemble énormément à ses parents, des cheveux noirs, des yeux bleus magnifiques qui mettent mal à l'aise certaines personnes tant ils sont parlant. Elle a un look de pin-up très mature pour son âge, mais elle ne tombe jamais dans la vulgarité. Un inconnu pourrait facilement lui donner la majorité, si ce n'est plus. Elle attire les regards et je sais que ce n'est pas toujours simple pour elle.

— J'ai une question, oncle Raccer, finit-elle par me demander.

Je souris, nous y voilà enfin. Je savais qu'elle n'était pas venue uniquement pour m'apporter une bière et m'emprunter un livre qu'elle ne lira jamais.

— Vas-y, je t'écoute.

Je ne croise pas son regard, ça la met mal à l'aise. À la place, je démonte une pièce déjà installée pour m'occuper et lui donner un peu d'intimité.

Salem joue avec les bracelets à ses poignets, elle est assise sur une pile de pneus usés, l'air soucieuse.

— Tu ne te moques pas, hein ?

— Jamais.

Je leur ai toujours dit qu'il n'y avait qu'une seule question stupide : celle qu'on ne pose pas.

— Généralement, la première fois, ça dure combien de temps ? Malycia n'arrête pas de me dire que ça peut durer plusieurs heures, mais… c'est vrai ? Je veux dire, dans les pornos, ça dure un moment, mais la réalité… c'est autre chose. À écouter les Hell's, un mec, ça tient quelques minutes. H me dit que c'est faux, et les filles ne sont pas d'accord, elles affirment qu'elles comptent les barreaux du lit. Franchement, est-ce que quelqu'un va enfin me dire la vérité ?

Je retiens un rire devant son air agacé et désespéré. Combien de fois j'ai eu cette conversation avec ces aînés ? Des tas. Surtout les garçons à propos de l'anatomie féminine. Ce n'est pas pour rien que Stig m'appelle l'ancêtre et Hurricane, l'encyclopédie. N'empêche, mon schéma et mes bouquins, leur ont servi.

— À 16 ans, s'il tient dix secondes, ce sera un miracle, je réponds, mais généralement, un rapport, ce n'est pas juste la pénétration, ça va du premier baiser jusqu'à ce que tu décides que ça s'arrête, il y a ta moyenne, d'accord ?

Salem se mord la lèvre en rougissant.

— Je n'ose pas en parler franchement avec maman.

— Pourquoi ? T'es proche de ta mère.

Salem roule des yeux.

— Tu les as vus ? Je suis la fille de deux présidents de MC, avec une mère que j'adore, mais qui revendique sa sexualité avec assurance. Je l'aime, mais elle est un peu trop cash pour moi parfois. Et papa… sérieusement, je suis sa princesse, son bébé, il n'a pas vu que j'avais 16 ans.

— C'est un père et tu es sa fille, je souligne, c'est normal.

Je termine de démonter la selle, je dois la changer et la remplacer par une nouvelle qui ne me fait pas mal au cul.

— Je ne vais pas en parler à mon frère non plus, sinon il m'enfermerait à double tour et sortirait ses flingues. Pourtant, on parle de tout avec Lochan, mais de ça…

Salem me sourit.

— Je t'ai toi, du coup, tu t'y colles, tu ne mitonnes pas comme sur Internet, et avec Oncle Sean, il serait capable d'avoir installé un logiciel espion sur le réseau du MC.

Je ne vais pas lui confirmer à voix haute, mais elle a raison de flipper, il y a bien un logiciel qui espionne les historiques des gamins. Ainsi, Sean savait que Falko et Sirius se branlaient en matant le même porno. Il leur a offert une intégrale collector d'un studio japonais à Noël, les deux ados ne savaient plus où se foutre.

— Pourtant tu sais que si quelqu'un te fait du mal, je sortirais aussi mes flingues.

— Oui, mais tu ne me feras pas une leçon de morale en me disant d'attendre, de me préserver pour le bon. Dixit maman et papa quand j'ai eu treize ans et que tante Slayer nous a toutes offert un anneau de chasteté.

Un rire m'échappe en me rappelant cette fête d'anniversaire, j'imagine tellement ses parents lui dirent ça, alors qu'aucun d'eux ne l'a fait.

— Je te rappelle que c'est toi qui nous offres la boîte rouge pour nos quinze ans.

Je lève les mains en signe de défense.

— Quand les parents auront compris qu'on ne peut pas lutter contre vos hormones d'ados, autant s'assurer que vous irez baiser en abusant de latex.

Salem éclate de rire et je préfère la voir détendue plutôt qu'inquiète.

— J'aimerais ton point de vue sur l'obligation de sucer le premier soir.

Je manque de m'étouffer.

— Il n'y a aucune obligation en matière de sexualité, sauf le consentement et l'envie. Tout comme tu n'es pas obligée d'envoyer des photos sexys pour être plus… attirante, OK ?

— C'est usant d'être une pin-up, tu lis dans mes pensées !

— Tu es belle, ma puce, t'as pas besoin de te mettre à poil pour ça.

Elle soupire en jouant avec ses cheveux.

— Surtout qu'au final, j'ai l'impression de renvoyer une mauvaise image de moi, parce que j'aime m'habiller différemment. Un peu trop comme les Hell's Pussy, c'est ce qu'ils disent.

Les putes à bikers, c'est comme ça qu'on surnomme Salem et certaines des filles de mes frères, H, Falko, Stig et Sirius se sont chargés des colporteurs de cette rumeur, mais je vois que cette histoire affecte toujours l'adolescente.

— J'ai une autre question.

Je m'assieds face à elle, en récupérant ma bière tiède. J'ai les mains couvertes de cambouis. Salem me jette le torchon à ses pieds.

— Je prends à l'heure, je plaisante.

— Je t'ai payé avec une bière.

En effet.

— Je t'écoute. Qui est-il, et est-ce que tu es sûre de toi ? Dans le sens… est-ce que tu penses que tu le fais par envie ?

Salem me jette son regard « arrête de lire dans mes pensées, mais merci de le faire quand même ».

— Comment tu fais si tu veux séduire un garçon plus vieux ?

Elle fuit ma première question.

— Vieux comment ? je demande.

— Hé bien… quelques années.

— Majeur ?

Salem rougit.

— Oui.

— Biker ?

— Peut-être.

Je me raidis, aïe, j'espérais qu'aucune des filles ne vienne un jour me dire « Oncle Raccer, comment je fais pour emballer un Blood ou un biker ? ». J'ai eu vent de beaucoup d'histoires de copains extérieurs au MC, mais très peu font le poids face à notre monde.

— Ne dis pas ça à tes parents OK ? C'est sérieux entre vous ?

Salem détourne le regard.

— Il faudrait qu'il y ait quelque chose.

Je me fige en comprenant : Salem n'est pas en train de vivre une histoire, elle se prépare à la chose. Ça ne m'étonne pas d'elle, elle est toujours prévenante.

— C'est un Blood ?

— Non, me rassure Salem. Bon sang, ce serait de l'inceste !

Elle rit, ses parents vont être rassurés, même si ça n'a pas empêché son frère et Andreas de tomber amoureux de l'une de nos filles. L'amour, ça ne regarde pas les détails, ça nous frappe sans réfléchir. Comme une destinée, et les bouquins ne mentent jamais : on peut contrôler beaucoup de choses dans sa vie, et d'autres beaucoup moins, un peu comme les sentiments.

Je n'ose pas demander l'identité de son prétendant et je laisse à Salem le libre arbitre de m'expliquer ou pas qui est cet homme qui est en train de lui voler et de lui briser le cœur en même temps.

— Tu as des sentiments ?

— J'aimerais ne pas en avoir, soupire-t-elle.

— Pourquoi ?

— Parce que c'est toujours douloureux d'être amoureux.

Elle sourit tristement. Je cherche les mots adéquats pour la réconforter, mais elle me surprend en me posant une nouvelle question.

— Et toi, oncle Raccer ? T'as été amoureux un jour ?

— Non.

Ma réponse l'étonne, et ça a le mérite de lui changer les idées. Je souris, il n'y a rien de triste à ça.

— Oh, mais pourquoi ? J'ai toujours cru que tu avais eu le cœur brisé un jour et que c'était pour ça que tu voulais rester seul.

Si seulement... ce serait peut-être plus simple que d'expliquer que l'amour passionnel, comme le sexe, ne m'intéresse pas. J'en suis incapable et je le vis bien. Ce n'est pas une obligation d'aimer, d'être en couple et de partager sa vie avec quelqu'un.

— Parce que je ne suis pas fait pour ça. J'aime autrement que de cette façon.

— Et tu n'as aucun regret ?

— Non, j'aime la vie que je mène, libre, indépendant, heureux. Si c'est l'amour, ton bonheur alors fonce. Et si ça ne l'est pas…

— Il suffit de trouver ton propre bonheur.

— Exactement.

Salem acquiesce.

— Merci le philosophe, me taquine-t-elle.

La jeune ado se lève, elle vient me coller une bise sur la joue.

— Je te promets d'être sage et de faire les choses bien.

Elle m'offre un clin d'œil avant de quitter le garage.

Je souris en reprenant mes réparations, c'était bien joué de sa part de commencer la conversation avec des questions dont elle connaît déjà les réponses pour aborder les vraies, l'air de rien.

Salem est amoureuse, et j'espère qu'elle n'y laissera pas trop son cœur.

CHAPITRE 10

Andreas

Putain de tirage au sort. Je ne devrais pas avoir à jouer les prospects, j'ai mon cuir depuis un moment maintenant, j'en ai suffisamment chié. Quelqu'un doit m'en vouloir pour m'avoir fait tirer la mauvaise main.

Tant pis, je me vengerai quand mon frère, Falko et Stig comprendront que la fac, c'est naze et qu'il vaut mieux revenir au MC pour devenir un biker plutôt qu'un diplômé. Ils se sont retirés à temps, sinon, ils en auraient chié.

Bref, j'en ai marre de récurer des chiottes, de passer le balai, de sortir les poubelles et de ressembler à Cendrillon à faire toutes les tâches ingrates. Bien sûr, il faut qu'on s'aide, mais quand même, y'a des prospects pour ça.

Je jure en me sentant con de penser ça, alors qu'à l'extérieur, ma jumelle se bat contre ce putain de virus, elle se met en danger et ne râle pas pour de la merde.

Ça aide à relativiser. J'ai ma femme chaque soir dans mes bras quand on s'endort alors que Ireland est seule, sans Lochan, sans nous… sans moi.

Ma sœur jumelle me manque, je m'inquiète pour elle, j'ai besoin de la voir, de passer du temps à ses côtés, même dans le silence. Je veux me prendre la tête avec elle, rire, picoler, la voir sourire et la serrer dans mes bras en lui disant « je suis fier de toi ». Putain, j'en chialerais tellement le manque est ardent. Nous ne sommes plus habitués aux séparations, et pas lorsqu'elle est en danger. J'aimerais sortir mes flingues pour m'assurer qu'elle est en sécurité.

Malheureusement, je ne peux pas. Il n'y a que les appels, les vidéos-conférences et son visage derrière le grillage. Je sais pourquoi Lochan broie du noir, elle lui manque et je dois être la personne la mieux placée pour comprendre.

D'ailleurs, ce connard me prend en photo avec le balai et la serpillière au lieu de m'aider.

— Qu'est-ce que tu préfères du coup, nettoyer les scènes de crime ou les couloirs du MC ? me taquine-t-il.

Je lui fais un doigt d'honneur en plongeant le balai dans l'eau savonneuse. Klax continue de me former pour que je devienne le futur sergent d'armes des Blood quand il voudra se retirer. J'aime bosser avec lui, même si c'est une partie « moche » de notre job, il faut bien un nettoyeur dans chaque club et nous sommes beaucoup moins hardcores que les Evils Brothers.

— Au moins, il a des bâches quand on découpe quelqu'un, je rétorque.

— Vous ressemblez à une parodie de Dexter en gros ?

L'enfoiré. Un rire m'échappe, exactement, même s'il m'a fallu plus d'un cadavre pour arrêter de gerber en utilisant la scie. De quoi devenir végétarien. Heureusement qu'il reste l'humour, même dans les moments les plus compliqués, comme celui-là.

— J'ai une blague à ce sujet ! Comment les Anglais appellent-ils un gars qui ratiboise à la suite des champs de blé, de maïs, d'avoine et d'orge ? je demande.

Ça faisait longtemps que je ne lui avais pas fait de blague et j'aime trop l'entendre râler à ce sujet.

— Fais-toi plaisir, déclare Lochan en accompagnant ses mots d'un geste de la main.

Trop aimable, mon pote.

— Un céréale killer.

Il rit, putain ! Il faut attendre un maudit virus pour que Lochan ne fasse pas semblant de ne pas être amusé.

— Je vais te prendre en photo, mec, il faut immortaliser ça.

Et l'envoyer à Ireland, on la bombarde de SMS pour qu'elle ne rate rien de notre quotidien.

Mon portable vibre avant, je le sors de la poche de mon cuir et découvre un message de ma femme.

Ma femme. Bon sang, j'aime toujours autant dire ça.

— Sexto ? me demande Lochan.

Peut-être, Harley me donne rendez-vous dans dix minutes pour une pause.

— Sexe tôt surtout, mec.

Je lui lance un clin d'œil avant de lui tendre mon balai.

— Ça t'occupera, au lieu de te masturber en pensant à ma jumelle.

— Enfoiré !

— Merci, mec !

Je le plante dans le couloir et cours presque jusqu'à ma chambre, celle que je partage avec Harley maintenant. On ne fait que baiser depuis le début du confinement et j'adore ça. Ça passe le temps, c'est bon, ça fait du bien et je suis complètement accro à la chatte. Elle me rend dingue, et le huis clos, ça nous pousse à être créatifs pour ne pas tomber dans la routine. Je crois qu'on confirme à nouveau la règle : nous sommes faits l'un pour l'autre.

Je me demande quelle idée elle a eue aujourd'hui. Harley me surprend à chaque fois. J'ai eu droit à des scénarios différents, à des jeux de rôles qui ne se terminent jamais, des jeux de société arrangés, un karaoké sexy, une chasse au trésor sur son corps, un cours de cuisine très sexy. Bref, je bande en arrivant devant ma porte et j'en oublie mes corvées.

Je toque deux fois et j'entre, impatient.

— *Liomod*, c'est moi !

Je me frotte les mains et découvre Harley au milieu de notre chambre, habillée comme d'habitude. Elle est pied nu sur un… tapis en plastique. On dirait ceux qu'on utilise avec Klax pour découper des corps. Je me fige, surpris.

— Coucou toi, retire tes bottes et rejoins-moi.

— Sexe ? je demande en haussant un sourcil.

Harley me sourit.

— Oui, mais il va falloir le mériter.

Elle m'offre son regard lubrique qui me fait frissonner. Elle est magnifique avec ses cheveux blonds, son short en cuir, son débardeur de Mettalica et ses tatouages. Ma langue s'impatiente déjà de les redécouvrir.

Attentif, je l'écoute me donner les premières instructions. Elle mène la danse durant ces « préliminaires », je prends les rênes quand je m'enfonce en elle, c'est un deal qui nous convient tous les deux.

— À quelle sauce, tu veux ton orgasme journalier ? je déclare tout sourire.

Harley s'approche de moi, ses mains vagabondent sur mon cuir, elle me le retire, nous nous retrouvons à égalité niveau vêtements.

— J'ai décidé de changer les règles du twister. S'il y a une bonne réponse aux questions que je nous ai préparées, on ne bouge pas. Une mauvaise ? Tu dois suivre les instructions sur les petites cartes.

J'acquiesce. Elle me brandit un paquet de cartes faites maison de la poche de son short.

— Mais d'abord, monsieur McGuinness, je veux que vous soyez en caleçon. Et tant que l'un de nous deux n'a pas craqué, t'as pas le droit de me toucher, OK ?

Une chaleur familière naît dans mon corps. Je reconnais le côté joueur de Harley, elle aime nous enflammer et nous pousser au bord de la résistance, parce que lorsqu'on cède tous les deux, on veut entendre des « vos gueules » et des tapes contre les murs.

Sa main effleure une dernière fois mon visage avant qu'on s'observe mutuellement se dévêtir. Ce strip-tease m'excite comme un dingue, j'ai toujours aimé la voir se déshabiller. L'ambiance dans la pièce change radicalement et si nous n'étions pas en plein confinement avec du temps, je lui aurais déjà sauté dessus en la voyant en petite tenue.

Ses sous-vêtements en dentelles sur sa peau tatouée, c'est comme le meilleur porno de l'année.

— Bien, honneur aux dames, lance Harley.

— Toujours, c'est comme pour les orgasmes.

Ma femme rougit, elle s'attache les cheveux en détournant le regard et observer sa bague à son doigt me fait toujours chaud au cœur.

C'est ma régulière, ma femme, ma meilleure amie, elle a les toutes les étiquettes que je préfère parce que les miennes sont les mêmes.

Certains comptent le nombre de pâtes dans un paquet d 1 kg, d'autres font de la peinture ou se mettent au jardinage, nous, on innove et je préfère largement ce genre de confinement que ceux qu'on voit sur le Net.

Harley brandit la première carte et je ne tarde pas à découvrir qu'elle commence enfin à développer un petit truc made in irlandais.

— Comment appelle-t-on deux hommes sans sexe qui se battent ?

J'éclate de rire en comprenant ses questions. Ce sont des blagues ! Elle est géniale, elle sait que moi et la culture générale, nous ne sommes pas particulièrement doués, dans le sens où je préfère me souvenir de la meilleure blague pour la faire rire que de la dernière info pour l'impressionner.

— Un combat sanglant ? je propose.

— Bingo.

Harley rit, et c'est à mon tour de lui poser une question de culture G sur l'homme le plus grand. Elle trouve la réponse et nous restons tous les deux, l'un en face de l'autre sans bouger. Pourtant, j'aimerais bien me tromper pour commencer à me tordre dans tous les sens, avoir son corps contre le mien, sa peau à un geste de ma bouche, et entretenir ce feu.

Je crois que je ne vais donner que des mauvaises réponses désormais.

— Au fait, quand on se trompe, on doit répondre à nouveau, m'informe la chatte.

— Parfait.

Harley me jette un regard suspicieux, comme si elle avait déjà deviné que j'allais fausser le jeu. J'ai envie d'elle et j'aime cette complicité qu'on partage elle et moi.

La biker se saisit d'une nouvelle carte et les jeux commencent.

— Les hommes, c'est comme les tempêtes de neige…

— Leurs bites ne se lèvent pas au contact du froid ?

Ce n'est pas ça, la réponse.

117

— Perdu, on ne sait jamais combien de centimètres on aura ni combien de temps ça va durer. À genoux, les deux mains sur les cercles jaunes.

Je ris en m'agenouillant face à elle, mes paumes se positionnent et je me retrouve le visage face à son entrecuisse, Harley se met à respirer plus vite quand mon souffle effleure sa peau. Si nous ne jouions pas, je serais déjà en train de la lécher pour la faire jouir. Mes yeux ne quittent pas les siens alors que l'excitation nous gagne.

Jouons, ma belle et perdons rapidement pour que je puisse me perdre en toi.

— Deux pénis discutent et le premier dit au second : « Je te sens tendu », que lui répond l'autre ?

— J'ai un oral dans cinq minutes.

Elle m'engueule et j'adore ça.

— Tu veux un oral, *Liomod* ? je la provoque.

Le regard qu'elle me jette me ferait péter les plombs si ce n'était pas si génial de laisser grimper la tension.

— Les deux pieds sur le rouge, c'est pour ton regard tentateur.

Je m'exécute et me contorsionne, si bien, que Harley finit les jambes ouvertes pour me laisser passer. Debout, face à moi, sa peau frissonne, l'ambiance devient plus tendue. Mon cœur bat vite, ma queue déforme mon caleçon, et je suis certain que si j'effleurais sa culotte, elle serait humide.

— As... gémit-elle lorsque ma langue remonte le long de sa cuisse.

Je compte bien désobéir aux règles, je l'ai fait une première fois, et c'est une habitude qu'on ne perd pas.

— Encore une question.

— Tu triches.

— Tu aimes que je triche.

— Oui.

Elle tente de rester debout et de faire face aux assauts de ma bouche sur elle. Mon visage remonte jusqu'à son sexe couvert de dentelles, je l'embrasse à travers. Un gémissement lui échappe.

— Quel est le seul instrument à vent avec une corde ?

— Ta culotte.

— Le string.

Elle rit, je bouge encore, me rapprochant davantage. Je ne peux pas la toucher avec mes mains, alors j'improvise avec ma langue et cette dernière taquine son ventre, jusqu'à son pubis. Même à travers le tissu, je joue avec ses nerfs jusqu'à lui arracher une plainte de frustration. Je lui réclame une nouvelle question.

— Que dit une momie en érection ? me questionne-t-elle d'une voix rauque.

Harley joue avec le feu.

— Je bande ? je propose.

Je la connais celle-là, et le moins qu'on puisse dire, c'est que moi aussi je bande, bon sang.

— Harley… je murmure.

— T'es tendu ?

— Très !

— Qu'est-ce que tu ferais ?

Ses yeux restent bloqués dans les miens.

— Je t'embrasserais le cou.

— Et ensuite ?

— Je laisserais ma langue vagabonder sur tes seins.

— Et après ?

— J'arracherais ta culotte pour accéder à ta chatte et je te lécherais jusqu'à ce que tu hurles mon prénom et qu'on vienne nous dire de baisser le volume.

Harley jette les cartes sur le lit, elle se penche et me déstabilise.

— Au diable ce putain de jeu, je murmure juste avant l'impact.

Je m'effondre sur elle, Harley encaisse mon poids sur le tapis en plastique fait de couleurs. Je l'attrape par la taille pour la retenir et l'empêcher de fuir. Immédiatement, ses cuisses s'ouvrent pour me laisser un accès parfait. Mon corps commence à danser contre le sien. Mon érection se presse contre son intimité, Harley griffe mon dos et me chuchote d'y aller fort.

— Viens, on fait un bébé Blood, je murmure à son oreille.

Harley se fige, elle fourre sa main dans mes cheveux, nos regards se croisent.

— Ne crois pas que tes hormones de mâle dominant vont me séduire. Je suis trop égoïste pour l'instant pour partager mon meilleur ami avec quelqu'un.

— J'aime ta réponse.

— J'aime l'idée que tu veuilles me faire un enfant quand même.

Je souris.

— J'ai tellement d'idées pour toi et moi. Tellement…

Harley s'impatiente, moi aussi. C'en est fini de la parlotte. Ma langue s'attarde sur son ventre, et je me demande comment ce sera, dans quelques années, de voir un enfant ici. Ce confinement me rend nostalgique, voir nos familles réunies, ça donne envie d'avoir la sienne, mais pour l'instant, je me contente de celle que je forme avec Harley en sachant que nous avons le temps de rajouter des valeurs à notre équation. Je compte bien m'entraîner pour que les McGuinness repeuplent la terre, surtout que nous ne sommes que deux pour l'instant pour rivaliser avec les quatre Baker.

En attendant, je suis prêt pour démarrer les prochains rounds en elle.

ÉPILOGUE

Hurricane

Quand j'étais gosse, je voulais changer le monde, et puis c'est le monde qui m'a changé. Ce sont les épreuves de la vie qui forge notre existence et nous pousse à revoir nos attentes. Pour la plupart, nos rêves ne se transformeront pas en réalité : c'est un fait.

J'ai dix-sept ans et pourtant, j'ai la sensation d'en avoir vingt de plus. Je n'arrive plus à gérer le bordel dans ma tête ni les secrets. Ça me ronge comme de l'acide. Je ne suis pas certain de réussir à vivre avec ce poids sur mes épaules encore très longtemps. J'ai l'impression d'être une bombe à retardement. Ce confinement me rend dingue. J'ai besoin de sortir, de quitter ce milieu fermé, de revoir mes amis et de ne plus avoir cette pression involontaire. Je comprends pourquoi Stig a fini par avouer qu'il voulait entrer dans l'armée. Il y a trop de questions auxquelles on ne veut pas répondre pour le moment. Je n'ai pas d'échappatoire, me concernant et la carte étude ne marchera pas très longtemps.

J'aime ma famille, j'aime mon père, mes oncles et les Blood Of Silence, ils font partie de moi et si, quand j'étais gosse, je croyais pouvoir révolutionner le monde, des années après, j'ai compris l'essentiel : c'est impossible.

Je suis tiraillé entre mon avenir, mes rêves et la réalité, et putain, c'est compliqué à gérer.

J'allume ma clope en écoutant Reaper me faire le récit peu encourageant de sa semaine. Chez les Evils Brothers, c'est le gros bordel. Déjà que de base, ils ne sont pas vraiment très sains d'esprit, les bikers alliés des Blood Of Silence ont une réputation de dingue. Ils sont vraiment allumés.

L'autre nuit, ils ont fait une partouze géante et certains lieutenants ont accepté de partager leur régulière. C'est quelque chose de totalement impossible pour nous. Notre MC ne fonctionne pas ainsi, mais les Evils sont tous fous. Ils n'ont aucune limite, offrir des filles, c'est comme sacrifier des vierges pour les Dieux à certaines époques. Ils sont sans limites, dans la provocation et le trash. À côté, notre famille à faire des blagues de cul, c'est le level primaire. Ils trempent aussi dans des histoires très louches et les membres du club sont réputés pour être de vrais psychopathes. Je comprends pourquoi les enfants des Evils sont parfois bizarres, lorsqu'on grandit au milieu du chaos, on n'en ressort pas toujours indemne. Reaper a presque de la chance d'être « normal ».

— Mon père m'a encore demandé quand je comptais m'investir plus pour décrocher mon cuir, déclare Reap à l'autre bout du téléphone.

— T'es prospect, mec, t'es déjà bien investi, et surtout pendant ce confinement.

Il en chie, si As en bave, ce n'est rien à côté de Reaper. Ça fait deux ans maintenant qu'il est prospect pour le chapter de son père. C'est le prince des Evils, l'héritier d'un empire de malades sanguinaires. Être prospect là-bas, ce n'est pas seulement faire toutes les tâches ingrates, supporter les demandes abusives des membres et aider pour le sale boulot, c'est plus hard, et je sais que Reap ne nous dit pas tout. Il a changé en deux ans. Il est moins heureux, plus mystérieux. C'est comme si ces années de prospect servaient à lui bousiller la morale dans son cerveau.

— Je n'arrive pas à m'investir plus, m'avoue Reaper. Ça dépasse mes propres convictions.

Je frissonne en encaissant ses révélations, je me mords toujours la lèvre pour ne pas poser trop de questions, mais nous connaissons tous les rumeurs au sujet des Evils Brothers. Les enfants des démons portent bien leur nom.

— Je sais, je soupire.

Reaper aussi. Il est blasé, je crois que la soirée visio entre amis va lui faire du bien. C'est l'idée de Salem, elle veut qu'on profite de ceux qui ne sont pas confinés avec nous au MC.

Et je suis partant, mes potes me manquent, on passe nos journées ensemble au lycée. Nous contre le reste du monde. Être enfant de bikers, ça limite nos interactions avec les autres. On nous dénigre, on effraie, et surtout, les gens n'ont pas envie de sympathiser avec nous : on fait tout pour.

Nous sommes des ombres. Des petits malins, et putain, j'aime cette définition.

— On devrait prendre le cuir de prospect, j'annonce, pour quelque temps du moins.

Falko et Stig ont demandé à ce qu'on les laisse retourner en tant que Hangaround, comme moi, pour les études, les frères étaient surpris, mais vu que ce sont nos parents, je crois qu'au fond, ils aimeraient qu'on se tire de ce bordel, alors l'espoir de nous voir devenir des petits avocats est plus séduisant que de former la relève.

S'ils savaient la vérité.

Peut-être qu'ils pourraient reprendre. Si on le fait tous ensemble, le temps de voir où nos idées nous mènent.

— T'es sérieux ? s'exclame Reap, tu trouves que je suis dans une situation facile ?

Non, mais nous ne le sommes pas non plus. Andreas et Lochan ont foncé, mais pas nous.

— Oui. On pourrait apprendre des choses jusqu'à notre transfert à l'université.

— Et qu'est-ce que tu fais de nos projets ?

— J'y pense, figure-toi. Je crois que ce serait une bonne chose étant donné que pour l'instant, le monde part légèrement en couilles.

Et nos petites affaires aussi. Sans le lycée, nos marchés se sont effondrés et adieu l'argent facile et ce sentiment d'être les rois du monde. Ce contexte fait réfléchir à une façon de faire pérenniser nos petites magouilles d'adolescents autrement.

— On doit trouver une solution, H.

— Je sais.

— On ne peut pas se perdre, nous aussi.

Je tire sur ma clope en acquiesçant. Quand j'y pense la nuit, je flippe à l'idée de me réveiller un matin et de me rendre compte que j'ai envoyé bouler toutes mes belles idées.

Je veux que ça change dans un monde où le changement n'a pas sa place et ça… quand on est différent, anarchiste, optimiste et avec une rage à l'intérieur, c'est compliqué.

J'ai peur d'étouffer.

— H ? m'appelle Salem.

Je sors de mes pensées noires en voyant ma cousine. Elle est belle avec ses airs de pin-up, elle porte le noir et le cuir comme une vraie biker. La seule différence, ce sont ses mèches rouges au milieu de ses cheveux sombres. Elle a des yeux qui nous feraient sortir plus d'une fois par jour nos guns pour éviter qu'on la touche. C'est une beauté brute. Et j'ai beaucoup de chance qu'on soit si proches.

Elle me fait signe de lui passer ma clope, je lui donne, elle tire une taffe avant de renchérir :

— Vous nous rejoignez ? On va commencer.

— J'arrive.

— Salut, Reap !

Elle rebrousse chemin sans attendre une réponse du futur Evil Brothers qui demeure silencieuse. J'écrase mon mégot.

— On en parlera à la fin du confinement, mon pote, mais j'ai des idées.

— Mon sixième sens me dit que ton cerveau de petit génie va nous mettre dans la merde.

Un rire m'échappe.

— Tu me remercieras.

— Je le sais.

— Alors, allons boire des shoots et oublier que ça fait deux mois qu'on n'a pas baisé.

— Ce n'est pas mon cas, m'annonce Reaper.

— Enfoiré.

Comme quoi, y'a des avantages à vivre en enfer là où la dépravation règne. Lui tire son coup quand moi, je n'ai que mon poing et Internet pour me branler.

Ça me manque.

Je chasse ces pensées, ce n'est pas le moment d'y songer. À la place, je rejoins le feu de camp que Stig a créé derrière le MC. On a piqué des bières et de l'alcool fort au bar. Les réserves sont tellement pleines que personne ne s'en rendra compte.

Je branche la caméra sur mon portable, Reaper apparaît. Il est dans l'obscurité de sa chambre, je reconnais derrière lui le poster géant de l'enfer selon Dante. Il a dix-neuf ans, on se connaît depuis plusieurs années déjà. Cette année, il a commencé à se tatouer massivement le corps, comme tous les Evils Brothers. Ses cheveux sombres le rendent encore plus flippant. Je remarque qu'il a un nouveau piercing à la lèvre. Le look des Evils est assez particulier, ils vouent un culte au satanisme et au métal en plus d'appliquer les lois de notre milieu avec sévérité et exagération.

Deux poids, deux mesures.

J'ai une place à côté de Stig. Nous sommes huit autour du feu de camp : Salem, Lyra, Tarryn, Sirius, Falko et Stig et moi, plus les quatre invités par visioconférence. Deux chez les Hell's Pussy : Orion et Malycia. Et deux autres chez les Evils : Reaper dans sa piaule et Lilith dans la sienne.

— Salut, les gens ! je déclare.

Je stabilise les trois portables pour voir nos amis, ça fait plaisir de les apercevoir même derrière un écran. L'ambiance du lycée manque, même si nous avons de la chance d'être tous ensemble ici. On se soutient. Chez les Hell's Pussy, chacune est chez soi par exemple, et chez les Evils, c'est le bordel.

On échange des banalités, Gabriella termine de jouer son morceau à la guitare, les bières et les clopes tournent, on se raconte les dernières anecdotes de nos confinements. Globalement, on a du temps pour geeker, se branler et s'amuser.

Ainsi, on apprend que Lilith s'est transformée en as du vaudou, Malycia a démarré une vie alternative sur *Animal Crossing* et refuse d'aller voir son père chez les Evils. Orion s'est donné pour objectif de battre le plus de records possible sur le *Guinness*, Reaper fait de la musculation à outrance. Gabriella a appris la moitié des morceaux des *Beatles*, avec

Stig et Falko, on est devenu des monstres à *Call Of Duty*, Sirius espère faire crasher *Netflix*, Salem et Lyra sont des pros sur TikTok et Tarryn a terminé son marathon de 10 000 pages de lecture. On est tous différents, mais on respecte les passions de chacun.

— OK, on se fait un deux vérités un mensonge en binômes ? nous propose Lilith, j'ai envie de boire et si Reap voulait bien venir dans ma piaule, on s'amuserait plus.

— Tu sais que j'ai pas le droit de venir dans cette partie du club-house, Lil, râle Reap.

Les règles cheloues des Evils.

Tout le monde est chaud pour un jeu à boire, on a de quoi faire niveau alcool, et les parents ont l'air si occupés à baiser et à se détendre que personne n'est encore venu vérifier notre présence dans notre partie du club. Sans doute qu'oncle Sean nous guette de la tour, mais tant qu'on ne fuit pas, il ne nous tirera pas dessus avec son fusil à paintball.

On redistribue des bières, les participants aux visios vont se chercher de quoi boire. Tarryn s'occupe de faire les équipes. Falko branche du bon rap et c'est toujours un plaisir d'écouter Eminem.

— H avec Salem. Lyra et Stig. Ella avec Sirius. Lilith et Reaper. Mal avec Orion. Et Falko et moi, nous annonce Tarryn, le hasard fait bien les choses.

Les deux membres des Hell's Pussy ont l'air aux anges, Lilith et Reaper picolent déjà, ils partagent trop de points communs.

— Je démarre, s'exclame Tarryn.

Elle regarde Falk qui se frotte les mains pour rester concentré.

— J'ai déjà lu Guerre et Paix, j'ai commencé à prendre des cours de pool-dance, et je suis une star sur Instagram avec mes posts de citations.

On réfléchit tous, même si on se connaît par cœur, nous avons tous notre jardin secret et parfois, durant ce jeu, on en apprend des belles.

Ainsi, on apprend que Tarryn a débuté la pool-dance, Gabriella aime bien faire des urbex avec Sirius, Falko s'est envoyé en l'air avec la prof d'histoire, Lyra a mis des laxatifs dans la bouteille d'eau de Mandy Mitchell, Sirius a trafiqué le distributeur au bahut. Lilith a un tatouage sur les fesses, suite à un pari perdu avec ses frères et Orion s'est retrouvé avec trois filles dans son lit juste avant le confinement.

Je crois que c'est la meilleure soirée de Deux vérités et un mensonge, d'ordinaire, on se cache certains trucs, mais ce soir, les révélations vont bon train. Et les rumeurs se transforment en vérités.

— Pendant le confinement, j'ai dépucelé Lilith, j'ai dépucelé Perséphone, et j'ai dépucelé Mercredy, nous annonce Reaper.

Des sifflements résonnent ainsi que d'autres remarques peu glorieuses aussi, mais Reap s'en amuse, il cultive ce côté provoquant qui m'amuse.

— Reaper, t'es un porc, déclare Salem.

— On s'ennuie et la baise est la seule distraction ici, à part ramasser la merde.

— Aucun des trois, répond Lilith.

Reaper sourit, les deux grimacent au téléphone, je n'en reviens pas, l'enfoiré a réussi à se taper trois filles de son MC. Il aime jouer avec le feu, et nous savons que ce n'est pas par amusement, Reaper aime ça, le danger, les Evils respectent leurs règles à la lettre et si les pères des nanas savaient son palmarès, il risquerait gros.

— Lil…

— Oh, va te faire foutre, tout le monde sait que t'as été le premier et que t'as giclé en dix secondes, le taquine Lilith.

On se marre, on a tous en mémoire cette affreuse soirée où les pétards ont tourné, et où l'alcool a débordé. Quand on a quinze ans, qu'on est ivre et défoncé, on fait de belles conneries avec ses amis. Heureusement qu'on dédramatise.

Je frissonne en pensant à cette nuit, je chasse les souvenirs.
Pas maintenant.

— Je dirais que c'est Persé qui n'a pas encore craqué, propose Lilith.

— Un point pour toi, mais ça ne saurait tarder.

Je tire sur ma clope en reconnaissant bien l'audace de Reaper, celle qui lui fera prendre une balle un jour. Aujourd'hui, c'est pour une femme, demain, ce sera pour une histoire de fiertés ou pour le boulot. Il tient bien ça de son père. Malheureusement.

C'est au tour de Stig, le joint ne quitte pas ses mains, dans quelques mois, il sera à l'armée et ça, c'est encore un sujet de dispute au sein de la bande. Même si je commence à comprendre pourquoi il veut mettre les voiles. Ce n'est pas uniquement par patriotisme.

— J'ai fait exploser le gâteau de Thallion, j'ai mis des pétards sur la chaise du prof de math, et j'ai trafiqué les feux d'artifice pour la fête de fin d'année.

— La deuxième est fausse, propose Lyra en hésitant.

— Exact, confirme Stig.

Il lève sa bière et nous buvons tous. Le feu crépite devant nous, j'adore cet esprit soirée en colo. On s'observe avec Stig, l'aîné de Rhymes est préoccupé, et j'aurais aimé qu'on en parle avec les gars avant qu'il nous balance sa bombe en précisant que son choix était déjà fait. On est toujours sur le cul avec Falko.
D'ailleurs, c'est son tour.

— J'ai dépucelé Mandy Mitchell, je me suis fait sucer par Vicky Moore et j'ai fini ivre sur le terrain de basket, nous propose Falko.

— La première ? propose Tarryn.

— Faux, je ne me suis pas fait sucer par Vicky Moore dans les chiottes du bahut.

Putain, par contre, il s'est tapé l'une des divas du lycée. Son air de bad-boy dans la friend-zone, ça fonctionne. C'est comme moi et les lunettes. Avec un sourire de charmeur, c'est dans la boîte.

— À ton tour, H, même si je connais tous tes secrets, me taquine Salem.

Si seulement. Il y a encore beaucoup de secrets que même mes amis les plus proches ignorent, parce que si j'ai une grande gueule, si je suis fier de revendiquer qui je suis, mes valeurs et mes idées, il a suffi d'une personne pour me faire taire et ça… je crois que je le vis aussi mal que son absence.

Putain de sentiments.

J'hésite, je m'allume une nouvelle clope, cherchant un mensonge et des vérités aussi trashs que celles des autres, je crois qu'on commence à être un peu défoncés, mais c'est bien, on est à l'aise comme ça. On terminera sans doute la soirée à la belle étoile à écouter de la mauvaise musique, à parler de nos rêves, des souvenirs avec les parents et de l'espoir que ce cauchemar se termine un jour.

J'examine mes amis tour à tour, je perds mon sourire quand les premiers mots franchissent mes lèvres.

— Je veux faire des études, j'ai envie d'entrer chez les Blood Of Silence, et j'ai envie de créer un nouveau MC.

Des rires résonnent face à mon sérieux.

— Facile, la troisième est un mensonge, répond Salem, tu n'étais pas très inspiré, mon H.

Une ambiance étrange naît autour du feu, une faite de peur, et de curiosité.

— Exact, je finis par répondre, la voix serrée.

J'avale quelques gorgées de bière. Les filles me vannent, mais aucun des mecs autour du feu ne plaisantent, on se regarde tous et dans ce silence, on comprend quelque chose de très spécial. Nous avons déjà discuté à plusieurs reprises de nos doutes et de nos peurs et nous sommes d'accord sur beaucoup de points. Seulement, je crois que notre famille n'est pas prête pour sa division, pourtant, c'est une idée qui me trotte en tête depuis un moment déjà : créer au lieu de changer.

Je crois que ce confinement est en train de ruiner mon cerveau de génie avec mes idées étranges.

FIN

Remerciements

Un immense merci à Isa et Magali pour les corrections de cette nouvelle. Merci également à toutes les lectrices, fidèles de la série BLOOD OF SILENCE qui nous ont suivis dans ce projet. Vous étiez au top ! C'était une super aventure d'écrire chapitre par chapitre et de lire vos commentaires à chaque publication. Merci du fond du cœur pour votre fidélité.

On vous embrasse.

À très vite

Amélie & Mary

Prochainement

En numérique & papier

Amélie C. Astier & Mary Matthews
Whispered Reviews #3 (Novembre 2020)

Amélie C. Astier
Decay (Août 2020)
Fucking Love #6 (Août 2020)
Heaven On Earth (Septembre 2020)
Vicious Of Silence #1 (Décembre 2020)

Mary Matthews
Black Bird's Song (Juillet 2020)
Pour Mara (Octobre 2020)

Prochainement

En Décembre 2020, découvrez le premier tome de la nouvelle série de bikers : VICIOUS OF SILENCE avec les enfants des BLOOD OF SILENCE.

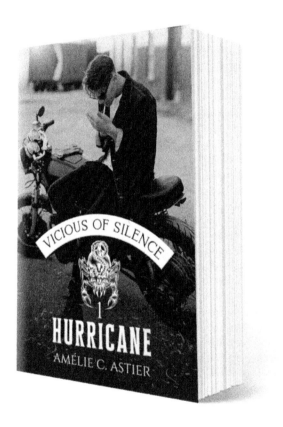

Prochainement

LE 12 JUILLET 2020, EN NUMÉRIQUE ET PAPIER, DÉCOUVREZ L'HISTOIRE D'UNE ROCK STAR ET D'UN BIKER.

Résumé :

Manson est membre des Black Bird, un club de bikers basé à Los Angeles. Entre trafic et vie illégale, le MC voudrait retrouver ses anciennes activités notamment la sécurité d'événements musicaux. Afin de renouer avec ce milieu, c'est Manson qui est envoyé pour jouer les baby-

SITTERS AUPRÈS DE DOLLS, LE CHANTEUR DU GROUPE SHADOW'S BLOSSOMS, FRAÎCHEMENT SORTI DE DÉSINTOXICATION. LA ROCK STAR AU CHARME MAGNÉTIQUE A ÉPUISÉ PLUS D'UN GARDIEN ET ESPÈRE BIEN FAIRE DE MÊME AVEC LE PETIT NOUVEAU. SEULEMENT, MANSON EST PLUS CORIACE ET COMPTE RÉSISTER AUX TENTATIVES DE DOLLS POUR LE SÉDUIRE ET LE FAIRE CÉDER. MAIS LORSQUE LE BIKER VA ENTRER DANS SA VIE ET ESSAYER DE LE COMPRENDRE, LEURS MONDES VONT S'ENTRECHOQUER, LEURS SECRETS VONT SE RÉVÉLER ET CHACUN TROUVERA EN L'AUTRE BIEN PLUS QUE CE QUE LAISSENT ENTREVOIR LES APPARENCES.

ROMANCE M/M

PROCHAINEMENT

Découvrez en intégrale numérique et papier, les Blood Of Silence.

INFOS :

Intégrale 1 : Novembre 2020

Intégrale 2 : Décembre 2020

Intégrale 3 : 2021

Intégrale 4 : 2021

LES AUTEURES

Blog :
https://www.ameliecastieretmarymatthews.com/

Page Facebook :
Amélie C. Astier & Mary Matthews

Groupe Facebook :
Amheliie & The Readers

Instagram :
https://www.instagram.com/amheliie/
https://www.instagram.com/maryrhage/

Gmail :
ameliecastier.marymatthews@gmail.com
amheliie@gmail.com

Boutique en ligne :
shop.amelieetmary.fr

Printed in Great Britain
by Amazon

66592035R00081